Los Tiraguas

Los Tiraguas

MAUS

...a Graciela Aceves Robertson, belleza etíope, escocesa, purépecha, gitana, catalana y todo santeña.

La Paz, B. C. S., a 20 de noviembre del año 2000.

Diseño de portada por David Murtaugh Olachea

Número de Control de la Biblioteca del Congreso
de EE. UU.: 2012921671
ISBN: Tapa Blanda 978-1-4633-4290-6
Libro Electrónico 978-1-4633-4291-3

Este libro fue impreso en los Estados Unidos de América.

Fecha de revisión: 08/12/2014

Para realizar pedidos de este libro, contacte con:
Palibrio
1663 Liberty Drive, Suite 200
Bloomington, IN 47403
Gratis desde EE. UU. al 877.407.5847
Gratis desde México al 01.800.288.2243
Gratis desde España al 900.866.949
Desde otro país al +1.812.671.9757
Fax: 01.812.355.1576
ventas@palibrio.com
432571

El sol comenzaba a realizar su recorrido por el cielo pero en realidad ni un rayo entraba a la habitación. Fue el sonido del despertador lo que sacudió a Gabriel. Se despertó con un sobresalto aventando una mano hacia el aparato buscando callarlo. Pero no pudo, no bastó extender la mano tuvo que atinarle al botón del timbre para que dejara de sonar y al enderezarse se le espantó el sueño.

Trató de descansar cinco minutos más pero tampoco pudo, se acordó de la junta, el encuentro, los preparativos del congreso y hasta el juego en la tarde. Acomodó el reloj frente a él para ver con más claridad sus manecillas y entró en calma, al cabo que era temprano todavía.

Al moverse sobre el lino sentía que la tela se le pegaba a la piel, Gabriel tenía deseos de levantarse pero seguía cansado.

-Así son los lunes -pensó-, nos cuesta más trabajo empezarlos a pesar de que se antojan. Es como arrancar cualquier motor y querer correr rápidamente por un camino desconocido.

Había mucho que hacer pero las cobijas pesaban invitándolo a quedarse, de manera que, Gabriel no se apuró, no había prisa a pesar de todos los asuntos que tenía pendientes.

-Sabes los lunes no me gustan- comentó amablemente Luz abrazada a él y adivinando sus pensamientos en la cama.

-Me lo imagino porque falta martes y luego tantos días para ir al campo otra vez. Por cierto ¿No es hoy la cita de Ángela con el médico? ¿Quieres que yo la lleve?

-No te preocupes tengo tiempo de sobra y tú no. Supongo que estás más limitado que yo. Me imagino que no tendrás un minuto libre de aquí a la salida del viaje. Al cabo que no es hora para alarmarnos todavía, es muy jovencita y tiene que crecer-, respondió Luz dulcemente, como era su costumbre.

Luz se levantó, se puso su bata y se dirigió a la cocina para prender la tetera y poner a tostar el ajonjolí.

Gabriel mejor que nadie sabía que su hija era una niña aún, a Ángela le faltaba crecer, desarrollarse y eso podía darse de muchas maneras. También, era verdad que estaba muy cargado de trabajo y faltaban tan pocos días para presentar su investigación en el Congreso como para perder el tiempo en una antesala.

-Bueno, yo la dejaré en la escuela para que pases por ella al rato - dijo estirando el brazo por su camiseta-, Ángela, ya vente a desayunar.

Llamó a su hija asegurándose así de que no le faltara nada y saliera a la escuela tranquila. A pesar de ser lunes, sin flojera alguna, Gabriel, se incorporó y se levantó de la cama para entrar a la cámara de aseo. Completamente desinfectado volvió a sentarse en la orilla de la cama y al acomodarse los zapatos llamó a Ángela otra vez mientras se acababa de vestir. Salió de la recámara sin voltear a verse en el espejo pero peinándose en el trayecto, dirigiéndose después a su escritorio, de donde tomó sus claves y las guardó en sus respectivos sobres. Los metió en su portafolio aprovechando para ordenarlos cuando escuchó a Luz invitarlo a desayunar, entonces Gabriel apuntó los datos de su bioritmo en su cartilla y se dirigió a la cocina.

-¿No quieres desayunar algo? -dijo ella entre las paredes blancas.

-Déjame ver qué hay -contestó Gabriel quien acababa de entrar con nada en la mano. Ángela también se presentó en el comedor para desayunar. Gabriel apreciaba esas mañanas. Sabía disfrutar cada momento que pasaba, sobre todo disfrutaba a su hija desde pequeña. Ángela sonreía y servía los platos de cereal, Luz endulzaba la ensalada de frutas con miel del trópico.

-Lista -dijo Ángela después de cuatro escasos bocados.

-Oye no, te falta tu fruta. Siéntate, come con calma, a los jóvenes de hoy les ha dado por comer con prisa y eso hace daño.

-Papá ¿podrás pasar por mí a la salida de la escuela? Quiero ir a jugar tenis con unas amigas.

-¿Pero no te va a llevar tu mamá al doctor?

-Ay sí, es cierto, tengo que ir hoy a la consulta.

-Lástima tanto que te gusta jugar tenis.

-Sí, pero ni modo, ya iré a jugar.

-¿Ya estás lista?

-Listísima.

Los platos sucios fueron aseados, enjuagados y guardados por cada cual. Sólo faltaba el de Luz a quien se le había ido el tiempo juntando sus textos para salir.

-Vida se está remojando mucho tu cereal por no sentarte ya a desayunar, ya ves que no te gusta remojado.

-Ay Papá qué dices.

-Conozco a tu mamá desde hace muchos años y sé que no le gusta el cereal remojado.

Luz regresó a la cocina ya lista y aseada. Vestía un pantalón blanco mostrando un cuerpo casi totalmente vegetariano, esbelto como pajarito, al acomodarse ágilmente en la banca del austero comedor diciendo:

-Tienes razón, si arranco con hambre no puedo trabajar. No me puedo concentrar aunque estoy convencida de que el ayuno purifica. Por eso insisten los padres en que ayunemos como Nuestros Señores.

-Así es, no hay mejor sazón que el hambre. Hay que guardar el ayuno para que nos sepa mejor la comida de vez en cuando pero entre semana hay que desayunar bien para ir a trabajar. Ahora sí, ¿ya están listas?

-Vámonos -dijo Ángela cuando vio que su mamá terminaba de comer su cereal.

-Mi vida, ¿te puedo pedir de favor que pases al estanque de los peces y apartes uno grande para asar al regresar? Recuerda que tendremos visitas al entrar por la puerta llegando del viaje.

-Es verdad que invitamos gente a comer el mismo día que llegamos. ¿Por qué juntaste tanto nuestros compromisos nos hubieras dejado un día para descansar y luego recibir gente?

-Es que ellos estarán de paso, estarán en la ciudad de casualidad si no los vemos justamente ese fin de semana es posible que no los volvamos a ver en mucho tiempo. Quiero que Ángela vuelva a ver a Julio que era tan simpático de niño y se llevaban tan bien.

-Perfecto pasaré al estanque -Gabriel aprovechó la oportunidad para darle un beso, se tomó su tiempo y a Luz por la cintura ayudándola a levantarse de su asiento.

-Yo no estoy tan de acuerdo, no necesito que me presenten a nadie -agregó inesperadamente Ángela.

-No malinterpretes las cosas, yo sólo los invité a comer. La que está sacando tantas conclusiones, eres tú. Lo que pasa es que él se acuerda mucho de ti. Jugaba contigo cuando eras chiquita. Como es mayor que tú me ayudaba a cuidarte y tú apenas caminabas. Era muy lindo contigo, era un chiquillo también, tenía unas diez vueltas al sol nada más y van varias veces que me pregunta por ti cuando hablo con su abuela.

-¿O sea que la presentación es con premeditación y alevosía?

-No te estamos casando -soltó sarcásticamente Gabriel, pero sabía que en el fondo de su corazón era un hombre así lo que quería para su hija, alguien que la enamorara y la cortejara con cuidado. Qué mejor que un muchacho tan agradable y de tan prestigiada familia.

-Pues que yo sepa no es mal partido. El muchacho es normal, estudia, trabaja, le tiene mucha admiración a su madre, también debe de ser toda una aventura ser hijo de alguien tan sobresaliente. Yo no pediría más. Además yo quiero estar cerca de él ahora que ha muerto su padre, ambos deben querer compañía.

-Sólo pido escogerlo yo, Mamá.

-Eso sí, es seguro que no lo podré hacer por ti -añadió con risa Luz mientras Ángela fingía más enfado del que merecía el asunto durante toda la rutina para salir de la casa.

Los autos arrancaron y llegaron a sus destinos en cuestión de segundos. Ellos se presentaron a trabajar mientras que Ángela burlándose y tranquila se encontró en la entrada de su escuela.

Iba directamente a su clase de lingüística pero se detuvo ante la puerta del laboratorio cuando vio a Arena acomodada ante el microscopio. Ella siempre estaba haciendo algo especial, sabía lo que hacía y tenía talento. Al igual que a Ángela, sus padres le habían enseñado el intenso placer que se puede obtener con saber algo, para eso iban a la escuela.

-¿Buenos días, cómo amaneciste?- dijo al entrar.

-Buenos días -contestó Arena sentada en un banquillo alto-. Bien, con todo en orden y sin novedad. ¿Qué vas a hacer hoy en la tarde?

-Voy a pintar un rato nada más.

-¿No vas a ir a jugar con nosotras?

-No, tengo que ir al doctor.

-Ah ya, pues ni modo entonces.

-Si hay oportunidad y acabo con el médico temprano vamos a jugar aunque sea un poco.

El profesor apareció en la puerta puntualmente y sonriente como era su costumbre.

-Bueno vamos a empezar, buenos días jóvenes tratemos de hacer hoy un repaso mínimo de todo lo que hemos visto hasta ahora.

Ángela se juntó con Arena para trabajar y comenzaron a apuntar los detalles que observaban acerca de la muestra que tenían enfrente. Ambas subrayaban lo relevante. Aplicaban todo lo que el curso les ofrecía para poder distinguir entre lo relevante y lo irrelevante, lo trascendente y lo intrascendente, mejor dicho, lo que puede servir para enriquecer a la humanidad y lo que no. El propósito detrás de todo ello era tratar de descifrar qué nos puede hacer más felices cada día, había que buscarle el lado bueno al trabajo, eso es el secreto de la felicidad. Así decía su papá, quien en este momento hacía lo mismo en su cubículo de investigador.

Gabriel de hecho, apenas comenzaba a trabajar porque se había quedado bobeando al ver unas fotografías de las últimas excavaciones arqueológicas de la región central del planeta. Parecía ser un sitio bellísimo que seguramente por razones climáticas era la zona más poblada por los Tiraguas. Sacó el periódico que tenía guardado en su cajón y volvió a leer el artículo que había incidido tanto en su pensamiento. Las afirmaciones del Dr. Dulie reforzaban sus teorías a fondo, no quedaba más que seguir investigando porque las cosas caían por su peso y se empezaban a comprobar solas. Las observaciones de Gabriel de ninguna manera eran descabelladas o desconcertadas, eso lo llenaba de orgullo. Había tratado de entender a esa gente, entender los motivos de su extinción.

En un paraíso con todo a la mano ¿cómo fue que acabaron consigo mismos? Constantemente se preguntaba, ¿por qué desaparecerían los Tiraguas?

Gabriel tenía muchos años impartiendo su cátedra, docto y amable, ofrecía reflexión. Le decían que debía de haber sido cura pero él se reía.

-No cura, no -contestaba-, sólo soy un maestro.

Se acercaba el próximo congreso, no había más que ponerse a escribir y tratar de llegar a conclusiones. Aunque ya era un poco tarde para publicarlas porque el congreso estaba encima. Tenía, inclusive, el itinerario, los autos y demás detalles listos, sólo faltaba la opinión del médico sobre Ángela y eso no podía ser del todo desfavorable. Era una chiquilla y no podría haber ninguna resolución drástica contra ella. Gabriel no quería hablarle a Luz todavía, lo más probable era que no hubiera salido hacia el consultorio, faltaba que las recibiera el médico y hablarle podía poner a Luz más nerviosa. Gabriel sentía que la situación de Ángela ya la estaba inquietando demasiado, decidió abrir su archivo y revisar su ponencia.

Luz estaba aún en su cubículo, cómo no iba a estar si allí vivía o por lo menos allí le gustaba estar. Gozaba su trabajo y todo lo que hacía, entre más difícil era algo más le interesaba de manera que nunca se le acababa el entretenimiento. Pensaba que era imposible aburrirse en este mundo. Eso sólo le podía pasar a alguien que lo supiera todo pero nadie alcanzaba a saber tanto, sólo se podía soñar con ser mejores todos los días y cada día hacer un esfuerzo mayor para disfrutar la vida, porque se tiene que acabar. Esas eran las leyes de la naturaleza y, ni modo, había que obedecerlas.

Pensaba en esos tiempos en que eran diferentes las leyes de la naturaleza a las leyes de la naturaleza humana. Todo iba 'contra-natura' no obstante había claridad en cuanto a ello, por eso la característica fundamental de la moral tiragüense era la conciencia sucia.

Daba la impresión de que invertían la metodología científica a propósito desconociendo las arbitrariedades del azar, fortaleciendo sus caprichos haciendo siempre lo contrario de lo que pareciera racional. Se embebía la contradicción volviéndose una constante lógica observable en todo proceder que obedecía a una reducción al absurdo. En otras palabras los Tiraguas hacían siempre lo inconveniente para ver qué resultaba.

Por lo mismo era tan interesante reflexionar sobre esa sociedad que por algo desapareció tan abruptamente. Para Luz era imposible imaginarse un mundo tan sórdido. Ella no podía hablar de eso, no conocía la desigualdad, tantos siglos de recuperación habían barrido todas esas salvajadas del mundo. Claramente afirmaban los juristas que la Ley de la Igualdad no fue promulgada para que empezara a haber igualdad entre nosotros sino porque ya estaba la sociedad acostumbrada y como todos conocían la igualdad plena, fue por lo que se pudo formalizar la equidad entre los seres humanos.

Ahora parecía algo absolutamente normal, era la actitud más común y corriente que había ante la vida. Habían pasado siglos ya en que todos gozaban de algún arte. Luz con más razón, siendo hija de estelares músicos y de notables poetas tenía la verdad escrita en la palma de su mano. Ella no podía comparar su mundo con una sociedad desigual menos aún con lo que mostraban las crónicas del Obscurantismo, pues había una situación particularmente cruel con las mujeres dejándoles todo el trabajo que no querían hacer los demás. El Grito libertario fue, sin duda, altamente significativo para ellas quienes se volvieron sumamente exigentes. Hubiera sido imposible ese paso sin la complicidad de los hombres desdichados. Les convino ver felices a las mujeres, por eso les ayudaron.

No cabe duda de que fue la organización de los hombres la que tuvo que acabar con su propia estructura porque así como estaba hecho el mundo todo garantizaba la estratificación de los hombres. La explotación del hombre por el hombre subrayaba todo criterio del Obscurantismo a tal grado que las mujeres ni contaban, por eso se enfurecieron tanto y acabaron por completo con tanto abuso. El mundo ya había cambiado mucho en ese sentido, ya no existía la esclavitud y ya nadie atendía a nadie.

Pero no fue hasta que se enfrentaron entre ellos y que las mujeres contaron con la complicidad de los hombres sojuzgados que las cosas cambiaron. Ellas solas nunca hubieran podido porque entre ellas también había traidoras.

Condenados los pobres a formar las filas de las masas explotadas, al acabar con los salarios se acabaron los ejércitos de empleados y desempleados. Parecía tan primitiva esa sociedad ya tan lejana que a Luz le producía escalofríos con sólo pensar que la gente entraba en la cuenta de los negocios. ¿Pagarles con sal? ¡Qué cinismo! ¿Cómo sería ese mundo que compraba a la gente con un poco de sal y otro poco de metal? Era difícil imaginárselo viviendo en un mundo donde no le faltaba nada a nadie ni se necesitaba lo ajeno y ni para qué tomarlo, como decía su mamá, si había tantas videotecas. Ahora, las cosas eran diferentes porque todo el mundo sabía que las cosas no nos hacen felices, no si tenemos lo que necesitamos.

Si algo servía de prueba para confirmar la destrucción del mundo obscuro era la necesidad de encontrar la sabiduría y no vivir como se vivía en aquel mundo lúgubre donde la gente buscaba tener cosas, no saberlas. Y la gente no pintaba ni cantaba, compraba una cajita que los entretenía con sólo apretar un botón. No se movían de enfrente de ese aparato.

Llegaban a tal grado que la maestra Pasal está segura de que había humanos que no podían hacer ninguna otra cosa que ser entretenidos por la cajita. Así fue como desde el punto de vista cultural esa sociedad engendró su fracaso y se llenó de payasos.

Un factor clave, como lo demuestra Jainequen, aunque aún una incógnita, era determinar el papel que jugaron los llamados medios abusivos de comunicación, o mejor denominados medios invasivos de comunicación ya que invadían las salas privadas y unos pocos dueños de ellos permitían los más atroces abusos constantemente realizados contra los ciudadanos comunes y corrientes. Poco a poco se conocieron como medios abusivos de corrupción por tanta mentira que decían y por permitir todo tipo de impunidad. De ahí que los Tiraguas no querían ser de su comunidad y de una crianza corriente. Más se llenaron de payasos, es más entre más payasa era la gente, más le hacían caso.

Gabriel tenía razón, lo más importante detrás del estudio y esfuerzo de la ciencia por saber sobre la extinción de estos grupos humanos era para conocer qué exactamente motivó los cambios cualitativos de esa historia permitiendo ahora una vida mejor. No que creyera que se pudieran repetir los mismos errores ya no era posible la reaparición de esa barbarie, pues desapareciendo la estructura injusta desaparecieron sus consecuencias. El corte hacia la Edad de la Luz estibaba en sostener la igualdad entre los seres humanos, material, funcional y espiritualmente, por eso se repartió todo, tanto el amor y el conocimiento como el tiempo libre.

Así costó, no fue gratuito, de hecho a qué se debió sigue siendo una incógnita, pero desaparecieron los Tiraguas, fueron devastados. Lo seguro es que esto lo precipitó la falta del vital líquido.

Peleaban por el agua pero porque peleaban por todo, ¿cómo ahora que era tan escasa nadie se peleaba por ella? Gabriel pensaba en los Tiraguas y todo hacía pensar que desperdiciaban el vital líquido mientras peleaban por todo lo demás. Los textos de historia afirmaban que el último pleito fue el definitivo y fue la causa de su extinción pero Gabriel alegaba lo contrario, afirmaba que no fue la causa sino el efecto, cuando se acabaron el agua desaparecieron sí, pero se la habían acabado peleando.

Luz seguía pensando que las investigaciones de Gabriel no sólo orientaban las suyas sino que le ayudaban a no pelear por nada. Este congreso que se aproximaba era muy importante porque además de permitir que Gabriel se encontrara con tanto erudito, les iba a dar la oportunidad de pasear un poco y conocer las ruinas Tiragüenses más grandes que se habían encontrado. El sitio, ya destapado mostraba cómo vivían encimados, todos en un mismo pedacito, y sin embargo diariamente se desplazaban sin sentido distancias muy largas. Luz siempre había querido aterrizar allí donde la arqueología había comprobado todas las teorías vigentes destapando aquellos poblados envueltos en polietileno. Quería saber cómo fue que pudieron desaparecer de este paraíso porque todo hacía suponer que ellos también habían conocido ese sitio con abundantes riquezas pero al llegar como llegaban los Tiraguas a algún lado, quedó inmediatamente inundada el área de bolsas de plástico.

¿Cuánto no había que aprender de esos seres extintos, peleoneros y ambiciosos? Todo lo que se revelaba en las excavaciones mostraba un pueblo incapaz de gobernarse, gentes incapaces de ser felices, incapaces habiendo esa abundancia y tanta riqueza. Ciertamente la naturaleza no regala nada pero ahora que no faltaba nada y nadie tenía más que lo necesario todos los valores tiragüenses se veían ridículos.

Luz pensaba en los últimos preparativos del viaje, no podía olvidar pedirle a su Mama que estuviera al tanto de la casa mientras estuvieran fuera. Gabriel se encargaría de todo lo demás, de los autos, sobre todo, le gustaba la mecánica y el viaje era largo. Todo estaba más o menos listo, sacó una agenda de la bolsa y apuntó las vacunas de Ángela para acordarse de pedírselas al doctor. Sobre todo quería ponerle la de la deshidratación, porque estaba protegida contra todo pero para un viaje tan largo era conveniente que no le faltara esa vacuna.

Entre planes y recuerdos Luz logró imaginarse los días que pasarían en el mar y en las playas del sur. Ángela conocía el mar pero sin duda le esperaba una sorpresa grata porque no se imaginaba las playas de la Tierra Santa. Valieron la pena tantos siglos de esfuerzo de la humanidad para recuperar los mares, hubo que limpiarlos, sembrar en ellos y volverlos a lavar, siglos de esfuerzo para que ellas pudieran divertirse. Se necesita hacer a los niños apreciar las cosas y ésta era una gran oportunidad para que Ángela conociera un mundo diferente. Hablando de Ángela ya era hora de ir por ella para llevarla al médico, Luz inició su desplazamiento y de inmediato estuvo al lado de su hija.

- Nos vamos - dijo al encontrarse con ella.

- Claro te estaba esperando – contestó la chiquilla con varios discos recargados entre sus brazos que le cruzaban el pecho.

Las clínicas siempre huelen igual, a vitaminas, por lo menos ahora olía a cloro y este médico le caía bien, no era tan estricto. Creía en el tiempo y en la naturaleza, por lo que en general recetaba puros remedios caseros, con aire de sabio, era un cirujano que repelaba de la cirugía.

-La cirugía es un último recurso -decía siempre y eso era por lo que a Luz le inspiraba confianza. La enfermera de la recepción tomó la cartilla de biorritmos de Ángela y ambas esperaron unos minutos en la antesala.

-Pasen, por favor -dijo al fin vestida de blanco y abriendo cordialmente la puerta del consultorio del alegrólogo.

Sentado en su amplio escritorio, elegantemente vestido de blanco las recibió diciendo:

-Buenas tardes, amigas, ¿para qué soy bueno?

-Venimos a la verificación anual de salud de Ángela.

-¿Ya le toca?

-Si.

-¿Hace toda una traslación que no nos vemos, verdad? ¡Cómo pasa el tiempo, no lo puedo creer! A ver Ángela, linda, y ¿cómo te sientes?

-Bien, Doctor.

-Vamos a viajar, supongo que no le faltan vacunas pero agradecería que le reforzaras su esquema contra la deshidratación.

-Qué bueno que me lo dices. Claro que si, me encargaré de eso. Bueno pasa a que te revise por favor -Asintió señalándole la puerta hacia el cuarto de auscultación-, ¿Quieres que pase tu mamá?

-No es necesario, prefiero poder platicar con usted.

Ángela pasó al cuarto de junto para cambiarse y se puso una bata de tela reciclable. Salió y se acostó en la mesa de auscultación. El médico se acercó prendió su lámpara y dijo:

-A ver hijita, ¿sabes bien dónde tocarte?

-Sí Doctor.

-¿Te han explicado cómo en la escuela?

-Sí, Doctor.

-¿En qué año vas?

-Estoy acabando la preparatoria, Doctor.

-A ver enséñame bien dónde te estás tocando. ¿Aquí te gusta? Ves es allí, nada mas insiste y llegarás. Bien párate aquí déjame pesarte, a ver, bien, estás bien. ¿Cuántas traslaciones has visto tú?

-Dieciocho, Doctor.

-Ves estás muy bien, tu peso está bien, tu complexión bien, ¿y llegas al orgasmo?

-Parece que no Doctor.

-¡Parece! No hay pareces, pero no te angusties, es muy malo inquietarse porque puedes tardar más en llegar a él. Estás muy chiquita todavía como para preocuparte.

-Sí, pero mi mamá se angustia mucho y más que mis primas se vienen desde que son chiquitas.

-Dile a tu mamá que tú eres tú y que te esperen. Estás muy bonita y ya te enamorarás.

-¿Qué es lo que me pasa, Doctor, por qué yo no puedo y ellas que están tan chicas sí pueden?

-Tú no te compares con nadie y espérate -aseguró el doctor.

-¿Pero qué hago mal? ¿Qué hacen ellas que yo no hago?

-Nada sólo es que ellas han encontrado la forma nada más. Tú ya la encontrarás. ¿Qué te gusta, los niños o las niñas?

-Los niños Doctor.

-Bien ¿Y qué piensas ser de grande?

-Mamá.

-Muy buena idea. ¿Tienes alguna otra angustia que no sea ésa?

-Realmente no, tengo muchos amigos y amigas.

-Perfecto, estás muy bien y no podrías pedir más. Estás creciendo, la última vez que te vi medías menos y pesabas un poquito menos. Ahora te diré cuánto mides exactamente.

Ángela se detenía la bata que le quedaba grande mientras el doctor la ayudaba a bajarse de la báscula y luego ambos salieron tranquilamente del cuarto. El doctor comenzó a conversar con

Luz que lo esperaba frente a su escritorio aprovechando que Ángela se vestía.

-Mira Luz, francamente tu niña está muy bien. Tiene un desarrollo normal eso es todo y no creo que haya algo de qué preocuparse. No veo nada anormal hasta ahora, no la puedo titular, tú lo sabes pero lo haré en cuanto se desarrolle, no veo ningún problema.

-¿Pero qué puedo hacer?

-Nada realmente, déjala salir y conocer gente de su edad, platica con ella, está en una edad de mucha dependencia, aprovéchala y hazte su amiga. Acompáñala a sus partidos de ¿qué es lo que le gusta? -Volteó el expediente hablándose solo-, a ver, sí, … el tenis. Muy bonito deporte, con razón ella es tan sana. Que le siga y acabe sus estudios intermedios al cabo que aún no está en edad de casarse ni mucho menos. No hay prisa, si ahora la acerco al clitómetro le puedo provocar una frigidez de la que nos pudiéramos arrepentir. Lo correcto es dejar que funcione su naturaleza sin hormonas y sin utilizar ninguna medida externa. Ya sabes siempre puedes estimularla un poco. Juega con ella, todavía es una niña, apenas se está desarrollando. Platica mucho con ella pero ya no le estés tocando este tema tanto.

-Pues sí yo entiendo pero yo ya quisiera vivir tranquila.

-Cálmate, o kárhmate como dicen hoy en día los jóvenes, ella encontrará su camino, la chica es lista. No hay ningún atraso, sólo que no es precoz, eso es todo. Está de maravilla y lo que importa es que sea feliz. Dale tiempo y va a poder hacerlo, te lo aseguro. Ahora los papás quieren que sus hijos puedan hacer de todo desde muy pequeños, está de moda, pero hay que dejarlos hasta que crezcan, nosotros fuimos más ingenuos, estos jóvenes están muy despiertos. Con tanta información algunos crecen antes, otros no.

-¿Bueno, ni siquiera crees que deba tomar algún curso de estimulación o algo?

-No nada de eso, te digo que la dejes crecer como va, es muy niña, ya encontrará su media naranja y se irá al mar con él, tu hija está preciosa, es normal y eso es todo.

Luz se pasaba y lo sabía, si los especialistas no se alarmaban, ella, francamente, debía de ser más prudente. Ambos se quedaron callados, Ángela había entrado al despacho, ella se sentó y preguntó cuándo tenía que volver.

-En un año.

-¿Tanto, no me va a someter a algún tratamiento?

-De ninguna manera.

-Mejor, francamente me daban flojera las clases, si con la catequesis tengo.

-Realmente con eso tienes, allí te deben estar enseñando todo lo que debes saber.

-Sí me enseñan pero no sé por qué no llego.

-Nada de eso, y no te obsesiones porque entonces te puedes fastidiar, se te puede inhibir y se hace un círculo vicioso.

Ambas sabían que eran otros tiempos y esta generación era más precoz, tal vez no era grave pero cómo envidiaba Luz a Aurora que nunca tuvo que pasar por esto con ninguna de sus hijas.

-¿No le piensas dar afrodisiacos?

-Tampoco y tú no le recetes nada, es muy peligroso auto recetarse. No vayas a acabar como cualquier tiragüense tirada en una banqueta.

-Ay qué exagerado Doctor -agregó Luz riéndose.

-¿Díganme qué hacen juntas? ¿Qué les gusta hacer juntas?

-Jugamos tenis -contestó Ángela de inmediato.

-Es cierto y esto lo hacen juntas entonces está esto perfecto, el tenis es un deporte muy completo. ¿Qué juegas el horizontal o el vertical?

-Horizontal y vertical.

-Vaya pues sí que tenemos una atleta con nosotros. Eso es todo lo que necesitan, nada más y nada menos. Con eso, mucho juego y comida fresca, todo va por buen camino. Dele tiempo al tiempo, señora, tenga paciencia por favor.

No había otra alternativa y no estaba preocupada realmente. Ella mejor que nadie sabía que Ángela aún no tenía edad como para preocuparse. Ella misma no había alcanzado su primer orgasmo hasta que había nacido Ángela, En fin, no pasaba nada, sólo que no habría bautazgo, ni fiesta de ningún tipo, lástima, a ver qué pasaba.

-Vamos a viajar.

-Ah, es verdad que falta darle la vacuna de la deshidratación.

-Sabe horrible -dijo Ángela incorporándose de nuevo a la conversación.

-Si quieres te lo doy como en la barbarie, a través de una aguja.

-No puede ser -añadió escandalizada-, de la barbarie se puede esperar cualquier cosa.

Ninguna de ellas se imaginaba lo difícil que era ser mamá en aquellos tiempos siendo que ahora contaban con tanta ayuda las mujeres, y sin embargo se podían tener estos problemas. ¿Qué sería entonces? Qué diferente sería comparándolo con estos tiempos modernos en que se le podía alimentar a la computadora tu biorritmo todos los días para que te pudiera avisar cuando te ibas a enfermar. En fin, lo importante era atender la situación y ver que Ángela se realizara. ¿Cuánta suerte la de Aurora? Tres hijas y las tres consagradas desde su primer año de vida. Por lo visto Aurora supo orientarlas debidamente, pero, ¿cuál pudiera ser el secreto? ¿Cómo lo logró si ni siquiera podía hablar con ellas de tan chiquitas que eran? Se notaba que las entrenó correctamente, eso era todo, podía pedirle ayuda pero le daba vergüenza hacerlo, aunque Luz estaba segura de haber orientado a Ángela bien. Siempre la dejó jugar desnuda después del aseo y le acomodó varias veces su manita para procurar que se encontrara a sí misma e hizo todos los ejercicios que le mandó su pediatra.

Ahora el médico la dejaba intranquila pero Luz no se atrevía a insistir sobre el tema.

No te imaginas cuánto agradezco tus atenciones.

-Ya sabes que para mí siempre es un placer atenderlas. Me saludas mucho a Gabriel, por favor le preguntas cuándo vamos a escalar juntos por la sierra. Ya vez que a él también le gusta ir de excursión.

-Si desgraciadamente le quité un poco el gusto porque siento vértigo con las alturas. Me imagino que le habrá agradado encontrar a alguien que lo acompañe porque a mí me da un poco de miedo.

-Entonces es mejor que no te invitemos y aproveches ese día para hacer lo que quieras.

-Espero que no falte mucho para esa visita aunque no olvides que estaremos fuera unos días -añadió Luz despidiéndose.

-Trataré de pasar a visitarlos antes de que salgan de viaje. Si por algo no me diera tiempo los veré inmediatamente a su regreso, buen viaje -contestó con ademanes de despedida para ambas damas-, conozco la península y es bellísima. Seguramente lo van a pasar muy bien. Trataré de verlos antes del despegue para recomendarles algunos sitios interesantes, sobre todo, lugares fabulosos donde comer. Desde la antigüedad se come de maravilla en esa región. Aunque me imagino que Gabriel ya ha revisado todos los mapas y todas las guías para turistas que existen.

-Eso sí ya ves como es para viajar, prepara hasta el último detalle.

-Hace bien, por eso lo disfruta tanto, que tengan buen viaje.

A la salida Ángela tuvo que preguntarle a su mamá si creía que todo en ella era normal, su fracaso la incomodaba.

-Claro que estás bien- le contestó -, no pienses en tus primas, además piensa que ni estamos en la barbarie ni tampoco hay pocos recursos médicos. Ya en un caso extremo se puede acudir a un campo de concentración del Estado. Allí tienen cursos internos, externos, campamentos intensivos, campamentos extensivos, talleres y dan todo tipo de clases. Puedes tomar un curso de verano y ver qué resultado obtienes.

Luz continuó el camino en silencio, sabía que no debía seguir hablando sobre lo mismo eso también provocaba presión aunque con Ángela podía hablar de cualquier cosa. Pequeña pero erudita gozaba intensamente el mundo, captándolo con esa aguda capacidad que tienen las criaturas, Ángela era admirable y Luz veneraba cada porción de su hija.

Realmente había que dar gracias por haber nacido en estos tiempos y no en aquella obscura antigüedad cuando ni siquiera se les enseñaba a las niñas cómo están conformadas. La comprobación de los etnólogos de la existencia de la mutilación corporal en algunos grupos étnicos no sólo horrorizaba a Luz sino además mostraba el porqué estos grupos étnicos nunca pasaron a ser grupos ónticos, y esto se manifestaba claramente en sus tradiciones. Ellos tenían ya la costumbre de maltratarse sistemáticamente y prueba de ello era aquellas fortalezas construidas para maltratar a unos por hacer lo que todos los demás hacían.

De seguro que aquellas jaulas estarían en el itinerario del viaje, los arqueólogos habían descubierto tantas cosas acerca de tan obscura historia con lo cual comprobaron que todo en el mundo tiragüense era para hacerse daño y si alguien se hacía daño a su salud lo encerraban allí sin comer para que se le acabara la salud. Por eso Luz se acordaba siempre de las observaciones de Gabriel cuando alguien mencionaba a los Tiraguas, lo que más bien hubiera sido inexplicable es que hubieran sobrevivido.

Gabriel, por cierto, ya sentía hambre. Se había pasado la mañana y era posible que ya hubiera llegado Luz quien oyó sonar el teléfono en cuanto entró a su casa.

-Hola, ¿qué dices linda?

-Todo igual, lo mismo de siempre, pidió que tuviéramos paciencia nada más, de verdad no dijo nada nuevo. Repitió mucho eso, paciencia, los mismos cuidados de siempre y ser lo más comprensivos posible.

-Te sugirió alguna terapia especializada para ella, alguna capacitación especial, algo que se pudiera ir haciendo ahora.

-Sólo insistió en que no la atormentáramos con el tema. Pero eso me asustó un poco porque ya vez que siempre insiste en que le hablemos mucho sobre sus necesidades y ahora no. Pareciera que Ángela ha llegado a una etapa en que de verdad puede ser grave su retraso.

-No todavía no, acuérdate como fue para ti. Bueno pero no lo hagamos peor, ya vez que Laguno está metido en líos por ansioso. Y es que no deja en paz a la niña, todo el día le habla de lo mismo, ya la tiene obsesionada. Se le han inhibido todas las sensaciones sensuales naturales y ya le sugirieron que la interne en un campo donde le enseñen a concentrarse. Parece que la niña va a asistir este verano.

La verdad era que no debía de confundir su deseo de celebrar el bautazgo de Ángela con un trastorno severo. Pero de todas maneras Luz sentía la desilusión y ni modo tenía que aguantarse porque no debía mortificar a Ángela, su felicidad era más importante que una fiesta.

-Tampoco creo que la debamos dejar crecer como un animalito sin atender el asunto, lo que pasa es que pienso que ella encontrará su media naranja, se irá al mar con él. Es sencilla, no es precoz, eso es todo lo que tiene.

Luz sabía que mientras los especialistas no se alarmaran ella debía estar tranquila. Todo a su tiempo pensó, porque honestamente confiaba en el tiempo.

-Ya no le des vueltas a ese asunto y prepárate para viajar, no olvides que saldremos pasado mañana.

-No te preocupes Ángela ya está vacunada y yo tengo mis cosas listas.

-¿Prefieres salir mañana en la tarde aunque viajemos más despacio?

-No, vámonos con el primer rayo de luz pasado mañana porque mañana en la tarde Ángela tiene taller y no me gusta que falte a sus ejercicios.

-Tienes razón, requiere tenacidad.

-Es mejor que vaya al taller mañana y pasado arranquemos a primera hora.

-Así será, tardaré un poco en llegar a casa pero en cuanto acabe esto que estoy haciendo voy a verte. ¿Y a ella, dónde la dejaste?

-Pintando, no voy a salir esta tarde, aquí te espero.

-Ya está atardeciendo, todavía tengo trabajo pero quiero descansar temprano. Por favor no te angusties cada cual tiene sus propios tiempos, ¿recuerdas?

Tardaría poco, lo que se entretuviera en la oficina. Apenas le daba tiempo a Luz para hablar con su mamá antes de la llegada de su marido. Luz realmente dejó de angustiarse, total muchas mujeres no resolvían su problema hasta que no tenían un hijo, como les cambia tanto la vida, muchas veces se aliviaban de todo con un embarazo sano, claro. Ciertamente que Ángela era una niña aún, aunque Luz sabía que esas eran puras excusas no importaba qué edad tuviera, a cualquier edad se puede uno venir por primera vez. Sí envidiaba a su prima y le hubiera encantado hacerle una fiesta preciosa a su hijita cuando era chica de manera que con el auricular en la mano tuvo que tragarse el trago amargo antes de comunicarse con su mamá.

-Bueno estás allí -dijo porque aun no aparecía ni su rostro en la pantalla menos aun su imagen completa sentada a su lado cual si fuera ella misma y en persona.

-Si claro, ¿Cómo estás? ¿Qué te dijo el doctor? ¿Me lo saludaste?

-Se me olvidó pero realmente no me dijo nada nuevo, vio muy bien a Ángela.

-¿Cómo no, si está preciosa mi niña y tú ya estás más tranquila?

- Un poco, pero ya quisiera estar más tranquila.

-Ni te apures. No vayas a hacer el ridículo como tu prima Marta, olvídate del vestidito y de la fiesta y de todo, porque le puedes hacer daño a la niña. Si le haces su bautazgo ahora, sólo la harías pasar vergüenza, hasta podría interrumpir su desarrollo y complicarte las cosas. Ya sabes que no se trata de un juego, de ello depende toda su vida.

-Ya lo sé mamá, cómo crees que voy a exhibir a Ángela.

-No estoy insinuando eso, yo sé que puedes hacer una ceremonia pequeña, discreta, donde ella se pudiera retirar a un privado y esperáramos los resultados afuera, pero todo eso resulta hoy muy chocante. Yo por eso estoy de acuerdo con los jóvenes. Yo veo que a ellos ya no les gustan esas ceremonias tan formales. Prefieren algo menos solemne, sin hielo seco y sin tanta formalidad, como la de Luna, vieras qué agradable estuvo.

Tenía que acabar comparándola con alguien. No le fallaba ese paso a Mamá pero más ardía su intromisión porque tenía razón. Los bautazgos son lindos cuando los niños son chiquitos, ya a la edad de Ángela debiera estar realizando su confirmación y sí francamente sería enfrentarla al ridículo. Nada como la fortuna de Aurora con sus tres muñecas preciosas tan chiquitas en unas ceremonias tan grandes.

- Pero ¿cómo crees que voy a exhibir a Ángela?

-No estoy diciendo que la exhibas, no me entiendes. Prefiero no discutir contigo, porque finalmente yo no estoy preocupada por nada. Yo estoy encantada con mi nieta, la veo con lupa de abuela. Ya sabes que amo a tu hijita.

-Sí, mamá, pero dejemos el tema por favor -acabó Luz esperanzada de que su mamá dejara de hablar pero fue imposible, tuvo que añadir otro comentario.

-Hasta eso me da gusto por ti, porque es un desgaste mortal; para que no tires la casa por la ventana. Yo sé que es el único derroche que importa, pero tampoco es cuando uno lo quiere sino cuando se da en la vida -. Allí estaba, así lanzaba el puñal y siguió todavía, hablando inoportunamente.

-Bueno, tampoco es lo único que hay en la vida verdad, lo más importante sí es, pero viene a su tiempo. Como madres y como dice tu marido lo que importa es que llegue, que lo encuentre, no te angusties porque la puedes frustrar. Lo que debes de hacer es ver a un cura para que no confundas tus sentimientos y te ayude a dejar a Ángela en paz. Le voy a decir a su tío que la lleve a pasear para que se distraiga. Y a ti te pido, hija que no la vayas a obsesionar por una fiesta.

-¿Cómo crees, mamá¿-Como de costumbre, supuestamente estaba ayudándola y diciendo lo más inoportuno. Era un navajazo puesto en el cuello y por la espalda. Luz se despidió porque no quiso que su madre la viera llorar. Sentía envidia y le preocupaba, sabía que eso no estaba bien, realmente tenía que sacar esos sentimientos de su alma. Sí podía ser conveniente contar con un poco de ayuda profesional. ¿Por qué no podía buscar a Roque? ¿Qué mejor que su opinión fresca? Y un cura, no era mala idea, hacia tanto que no le aconsejaba un padre. Pensó en empezar por Roque y le llamó.

-¿Sobrino cómo estás? -dijo ya en franca comunicación-,. Quisiera platicarte algunas cosas. ¿Cuándo tienes tiempo?

-Para ti, siempre.

-Mejor, así me puedo sacar esta espina cuanto antes.

-¿Pues qué te duele?

-Tu ex paciente.

-Ángela, ¿qué tiene? A ver voy para allá para platicar contigo.

Luz sintió alivio, no le quería pedir que se desplazara como bárbaro pero ella se sentía mal. Roque salió a la calle con una prisa de la era de las cavernas, enseguida estuvo allí, sabía que siempre era mejor platicar en persona. Luz no quería involucrar a nadie pero si Ángela no se enteraba no le podía hacer daño que juntara un poco más de información.

-¿Qué te tiene tan alterada Tía, nunca te había visto así?

- Sólo es que Ángela no alcanza la madurez todavía y yo me siento muy mal. Quería ver si tú que la viste crecer habiendo sido su pediatra, si crees que pueda haber algo anormal en ella.

- No Luz, de ninguna manera, Ángela es muy sana. Vas a ver todavía cuánto le falta por crecer y desarrollarse, lo que pasa es que es normal.

-Sí pero sus primas...

-Sus primas son precoces -interrumpió-, no importa qué sean sus primas, además tampoco es necesario forzarla, eso es de otros tiempos. Antes se les enseñaba a las niñas a fuerzas. Ahora los jóvenes no necesitan que se les enseñen nada, ellos encuentran su camino, si ya son más sofisticados, cada vez son más vivos. Los jóvenes de hoy no son como los de antes ahora todos encuentran su pareja. Yo no sé por qué ustedes las mamás no se quitan esa cursi idea de la cabeza y en vez de pensar en una fiesta pensaran en nuevas posturas de yoga.

Roque le estaba diciendo cómo piensan los jóvenes porque él lo era. Luz confiaba en él, como había confiado cuando revisaba a Ángela de chiquita, la pesaba y la media, y la verdad era que Ángela creció sana. No dejaba de ver que le pudiera faltar experiencia al galeno a pesar de ser tan destacado en su campo, no se confiaría del todo pero su consejo la fortalecía.

-¿Tú no crees que haya algún motivo en su caso por lo cual esto se pueda volver un caso jurídico?- El joven médico sonrió.

-Por ningún motivo, Luz, por favor, hace más de mil años que el Estado no sacrifica a nadie con cargos de Frivolidad. Eso ya pasó a la historia, Ángela es normal es todo.

-Pues sí pero ya ves que son muy lindas las tradiciones y uno quisiera lo mejor para ella. No sé qué sentiría si la viera toda grandulona y sin titularse ni nada. Honestamente yo ya la quiero ver licenciada y no sé por qué exactamente te llamé pero quería ver qué podías sugerir y francamente sí me preocupa que pudiera llegar a ser del orden penal. No me gustaría esperar hasta entonces para empezar a hacer algo. Prefiero echarle ganas ahora para ayudar a Ángela lo más posible, eso es todo.

-Bueno eso es natural, hay inclusive buenos campamentos para jóvenes si las cosas se hicieran más complicadas, no te apures. Después de todo para eso estoy yo también, para servirte.

- No me gustaría tener que llegar a ese extremo yo quiero que Ángela siga teniendo un desarrollo normal.

- Pero allí no entra en terapia realmente, yo te hablo de campamentos donde conoce a chamacos de su edad y se divierte, es todo. Hay tenis, básquet, y hasta mesas de pingpong, para ellos. Aunque honradamente los jóvenes hoy en día tienen muchas maneras de conocerse, ella no necesita ayuda para eso.

-Voy a preguntarle si quiere ir, ahora tú como médico, ¿me estás sugiriendo que me apure y lo atienda así?

-El apuro lo estás sintiendo tú yo te estoy diciendo que es chiquita hasta para el campamento y que está muy bien ella. Les ha dado a las mamás por querer que sus hijos hagan muchas faenas desde muy chicos. Hay que dejarlos crecer a su gusto. No hay que estarlos empujando como tu tía. Olvídalo, tú tuviste otro estilo de educación, es todo, más anticuado, en cambio a ella ya la formaste con un molde más moderno. Olvida la fiesta y los encajitos y verás que no tienes ningún problema.

-Yo sé que no debo preocuparme de más pero dime en qué momento se podría volver un asunto de orden judicial.

- No Luz -contestó Roque enseguida y sin disimular una risa profunda-. Tendría que haber un motivo como una agresión contra alguien, por ejemplo. Pero Luz con la tecnología que hay hoy en día eso ya no pasa. Si para los cuarenta años no hay nada entonces sí empezaríamos a hablar de la posibilidad de que recibiera algún servicio especial.

-¿No se da automáticamente por una verificación negativa?

-No, no de ninguna manera. Tiene que haber una descomposición de algún tipo y entonces entra para apoyarla integralmente todo el aparato del Estado. Contaría con especialistas, institutos, centros de investigación, centros de concentración, universidades, etc., etc., etc. Hoy en día es muy difícil que no logre superarse. La ayudarían profesionalmente, no te preocupes. Pero Luz no tienes por qué estar pensando en algo así, Ángela no está en una edad como para que tú pienses tantas cosas. Además, para que haya un accidente de carácter endocrinológico sería legítimo que descargara su frustración en alguien antes. Se empieza poco a poco, o sea que habría síntomas por un mal comportamiento en general.

-Pues no quiero dejar pasar el tiempo sin atender a Ángela y que cuando sea tarde me arrepienta, me pienso preparar para que no me tome por sorpresa el resultado y después tenga que tomar medidas más drásticas.

-Pues haces bien pero no te pases. Procura que Ángela no se dé cuenta, por favor. Sólo una cosa te aconsejo que no seas de esas mamás que por lucirse ella, presione tanto a su hija que le cause un problema. No es la primera mujer que necesita un hombre, y mientras no tenga uno no hay que pedirle peras al olmo.

-No claro, además honradamente no estoy preocupada, sólo que me hubiera encantado que las cosas fueran de otra manera…

-Ya lo sé, todas las mujeres son iguales, no se quitan lo cursis. Mi mamá se parece a ti también le encantan las celebraciones.

-Si es que tú no te puedes imaginar lo que significan, para ti es una fiesta pero para uno es todo. Me encantaría ya ver a Ángela triunfante, la verdad, claro que con tal de no hacerle daño no le pienso mencionar la fiesta.

-Harás bien, voy a estar al tanto para que te sientas más tranquila.

Roque sabía que él no podía hacer nada pero se imaginaba que sus intenciones consolaban a Luz.

-No te preocupes tampoco son aquellos tiempos en que a un hombre no le preocupa saber si su mujer se viene. Eso ya se acabó. Deja que su marido se encargue de ella, descuida él se ocupará de eso.

Luz se rió porque entendió que realmente no era para tanto, Ángela estaba perfectamente bien y era una chica muy lista.

-Yo sé que es linda va bien en la escuela y sus maestros la quieren mucho. Quiere estudiar medicina y sabe lo que quiere, la verdad es que es una buena hija.

-Te digo, esas son cosas del pasado, no te angusties que te va a hacer daño.

-Pero también ya ves que entre más pronto goce la vida mejor.

-Pues sí pero le quedan muchos años de placer por delante, no ha empezado su vida sexual. Si todavía no está en edad de licenciarse, mucho menos de titularse, le falta seguramente aprobar todas las materias de paternidad y esas no las puede llevar sola de manera que no veo el motivo de tu prisa.

Ángela era buena alumna, de hecho ya había adelantado todas las materias del área de maternidad. Además ya tenía más que acreditadas las de pedagogía básica. Ciertamente sólo le faltaban las de paternidad para licenciarse, hasta entonces no le serviría de nada la verificación positiva, porque hasta entonces de todas maneras no le permitirían licenciarse aunque tuviera su título. Faltaba realmente mucho para que ella pudiera obtener el grado de mamá.

Como sea Luz prefería que llegara al matrimonio siendo autosuficiente eso era lo que la hacía envidiar a Aurora, no tanto sus lujosos bautazgos. ¿Si así fueron esas ceremonias cómo serían las bodas? Ni modo, Luz sabía que tenía que quedarse con el disgusto y nada más, para no presionarla, porque también sabía que la felicidad de Ángela era más importante que todas las ceremonias juntas.

-¿Sólo dime qué harías tú en mi lugar?

-La verdad, ¿quieres oír la verdad? ya te la dije. Ella está bien, no te preocupes. Mira es como todo, tenemos que pasar ciertas etapas. Es como dejar los pañales o cualquier cambio. Ya será y si le creas una obsesión o una fijación y ya no alcanza a venirse normalmente entonces sí va a necesitar terapia y todo ese lío. Ella se va a empezar a sentir mal. Hazme caso por favor, ¿no dices que por eso me buscas para que te aconseje honestamente? Entonces confía en mí.

-Sabes que confío, si te vi crecer. Sé que eres un excelente pediatra y sabes que acudo a ti con fe ciega pero quiero estar tranquila, tú sabes, quiero superar este problema.

-Pues sí pero ten paciencia –dijo Roque riéndose al ver que no lograba convencer a una madre que su hija era normal-.Te aseguro que ella se encontrará sólo déjala en paz y no se lo compliques.

Luz había agotado el tema, ella misma se dio cuenta que estaba exagerando. Eso le pasaba por estar divagando en vez de estar atendiendo los últimos detalles de la salida hacia las zonas arqueológicas, ella sabía que por más que hubiera instalaciones seguía siendo una zona de desastre. En ciertas épocas había que cargar oxígeno para no aspirar los gases que aún secretaba la fisura de San Vicente. Se pensaba que la grieta hubiera llegado al centro de la tierra si se le hubiera seguido echando polietileno sistemáticamente. Afortunadamente la catástrofe ecológica los detuvo y al derretirse la nieve de los volcanes los Tiraguas ya no le pudieron arrojar más basura a la caries que se había formado en la superficie terrestre.

Semejante tribu tan excéntrica que se daba el lujo de orinar en el vital líquido y no respetaba nada, ni el espacio modular o cubicular de cada cual ni las necesidades vitales homogéneas del individuo. Por eso hoy se tenían tantas palabras y costumbres prohibidas por la Biblia, todas tradiciones condenatorias de origen tiragüense. La historia había develado lo insólito, había enseñado que había seres de la era tiragüense que en vez de tener el amor en el altar de su casa lo tenían como usufructo.

Detalles sobre la catástrofe final evidenciaban los últimos pasos tiragüenses sobre la tierra. Debe haberse derretido la nieve del volcán después de la explosión y del desplome de la tierra, enfriando inmediatamente a los cuerpos dentro de las burbujas de polietileno derretido dejando los cadáveres fosilizados instantáneamente y revelando las costumbres solitarias de estos seres. Era posible ver que a pesar de estar tan amontonados ninguno de ellos hacía el amor en ese momento.

Viajar y ver de cerca las ruinas de esa cultura era un sueño en plena realización. Lo que debía de hacer Luz era atender hasta el último detalle de la salida en vez de estarse angustiando innecesariamente. Algo pasaría, la fuerza propia de las cosas mandaría, pero de verdad, Luz sólo le pedía a Nuestra Señora y a Nuestro Señor que Ángela conociera el orgasmo con su hombre antes de tener un hijo y no después. Era demasiado el riesgo y demasiado angustiante un embarazo en esas condiciones, aunque ella bien sabía que a veces no era posible alcanzar el orgasmo sin haber tenido un bebé pero no quería que las cosas llegaran a tanto. ¿Claro que si a ella le había sucedido así por qué no podía ser igual para Ángela?

Tampoco quería quitarle el tiempo a Roque que seguramente tenía mucho trabajo.

-La verdad es que me apena haberte molestado pero me preocupa pensar que la felicidad de Ángela dependa de otro…

-Pero es la ley de la vida, ella tendrá que encontrar a su pareja, así lo manda Nuestra Señora, y ya sabes que lo que manda Nuestro Señor o Nuestra Señora no se puede contradecir.

-Ya lo sé, sobrino, pero quiero que pase lo que pase en la vida, ella se pueda realizar sola.

-Bueno, yo qué puedo decirte. Nadie mejor que tú podrá saber qué tan exquisito será ser mujer. Te digo que yo estaría todo menos alarmado.

De verdad que Luz tenía mejores cosas que hacer, había que prepararse para salir y le faltaba una gran cantidad de detalles que atender antes de ello. Era importante dejarle a mamá las claves para que todo en la casa funcionara, no fuera a ser que se le hubieran olvidado y no pudiera cuidarla. No se podía dejar una casa sola tanto tiempo.

-¿Bueno basta, cuándo vuelven de su expedición más mentada que la de Colón, para venir a cenar con ustedes?- añadió Roque.

-Ya estamos con un pie en el estribo, listos para salir al congreso. Tardaremos siete rotaciones en volver.

-¿Cuándo se van?

-Pasado mañana.

-Si que me gustaría oír hablar a mi tío, ¿ya está listo su trabajo?

-Sí, y no te lo imaginas es brillante.

-Bueno tú sigues loca por ese hombre, ¿verdad?

-Y parece que no se me va a pasar. Vente a platicar con nosotros a la casa, te estaremos esperando.

Luz pensaba en los últimos preparativos del viaje, claro que como Gabriel se ocupaba de los automóviles todo estaba más o menos listo. Ángela ya estaba vacunada, Gabriel ya estaba preparado y entre planes o recuerdos Luz logró imaginarse los días que estaban por pasar en el mar y en las playas del sur. Ángela conocía el mar pero sin duda estaba por tener una gran sorpresa. Valía la pena que viera el esfuerzo más grande de la humanidad, el de rehacer los mares. Los niños daban esos adelantos por un hecho y luego no visualizaban la necesidad de protegerlos. Nada era eterno ni estaba acabado y podía volver a suceder una catástrofe que aniquilara la especie. Para eso era la academia para no cometer los mismos errores. Era una gran oportunidad para que a Ángela se le quitara lo ingenua.

Este viaje no sólo favorecía a Gabriel para quien era vital porque iba a comparar sus conclusiones con los demás colegas, lo era para Luz también. Además de ser un impulso fuerte para su trabajo el hecho de recorrer aquellas legendarias tierras del caos y la desolación le permitirían apreciar lo que tenía en la vida. Y más aun ella que todo lo disfrutaba. Disfrutaba su trabajo, disfrutaba la cocina y tanto su trabajo como la cocina no tenían fin. ¿Cómo acabar de entender a esa cultura devastada e intrínsecamente contradictoria? Se trataba de sobrevivir no de autodestruirse. No sólo eran los resultados lo que la alarmaban sino el obvio deterioro de la calidad de vida que quedaba manifiesta en las confusiones palpables de su lenguaje. Los Tiraguas no solo sufrían, se auto flagelaban, no solo vorazmente se extinguieron todavía bautizaron el proceso en nombre de la libertad y lo llamaron así, libre mercado. No cabía duda de que lo que paralizó a la cultura tiragüense fue su cinismo. A la gente no la consideraba gente la consideraban consumidores y les decían mercado.

Bendita ley de la igualdad, cómo cambió el mundo desde que ya nadie toma lo de otro y nadie usa el trabajo ajeno. Habría que considerar lo que Cuuk ha señalado al respecto mostrando cómo este fenómeno se reflejaba antiguamente en la carencia de expresiones más que en las expresiones mismas. Aquí se trata de una carencia metafísica, alcanzaron cuando mucho un estado natural tan primitivo por lo que no podían conceptualizar la vida y consumidos por la angustia de la temporalidad, este fantasma los hacía siempre creer que estaban perdiendo el tiempo cuando en realidad debían de relajarse. Luz releía la cita textual que tenía ante ella en su cuaderno;

> *"Por lo mismo hay que seguir al individuo, como hilo conductor de toda narración histórica. La estructura que se presenta dentro de la cultura tiragüense cuyo*

individuo en cuestión no es un ser humano sino más bien una especie de conciencia pura, semejante a la que presenta Fracás, como resultado de un divagar escéptico que nunca concluía nada"[1]

Aunque los señalamientos de Garas Cada hacen inevadibles algunos principios fundamentales, sobre todo los expuestos en el último congreso, no sirven si se quiere tomar al individuo como hilo conductor de la historia tiragüense. Ésta no podía ser entendida cabalmente como quiere Cuuk porque al observar la historia desde el punto de vista singular y personal propio de los tiragüenses, el hilo conductor del problema en el fondo es la intención del sujeto que nunca es un caso aislado. Las malas intenciones sustentaban la axiología tiragüense y de ello siguió necesariamente su autodestrucción pero por una mala intención colectiva. Luz revisó su Fundamentación Lógica de Antiguas Culturas en la cual Garas Cada es aún más radical. Allí aventura el maestro a decir que la situación que se retrata es más parecida a la de una mente descarnada y un espíritu de permanente *concupiscencia.* De ahí el uso renovado del término 'epizumia' para justificar actos de lujuria. Más que definir la naturaleza del ser humano, le niega condición humana al plantear siempre en primer término los límites tiragüenses que rayaban constantemente en lo salvaje.

Eran más bien incomprensibles todos aquellos destellos de conciencia de individuos trastornados y tercos que trataban de hacer cosas buenas. No estamos comparando esto con la hipótesis Justiciana, la cual llega al extremo de atribuirles un espíritu maligno invadiendo constantemente su enfoque sobre la realidad. El origen de todas estas teorías está descrito

---

[1] Véase Cuuk, J. W. Solipsismo y Fin del Ciclo Árido, p.XXXX.

desde el primer Tratado de Gium sobre la aplicación de la duda escéptica. Sus palabras tan precisas describen el clima intelectual tiragüense a la perfección;

> *"Los Tiraguas pensaban tan poco y dudaban tan poco que cuando lo hacían les hacía daño."* [2]

El extremo de Halfman de responsabilizar a la caja de la farsantería de todos los males no era del todo descabellado aunque había siempre que volver a asumir las palabras de Gium, los Tiraguas criaban a esos farsantes, por lo que no había excusas, eran traidores porque eran Tiragüeros también.

Lo despectivo del término, lo ofensivo, tenía orígenes no solo gramaticales, sino que ofrecía un panorama más amplio sobre la cultura tiragüense. Lo tiragüero ofrecía una descripción precisa del desperdicio tiragüense en cosméticos.

Al entrar Gabriel por la puerta Luz notó que llegaba cansado. No estaba acostumbrada a verlo así por lo que le ofreció enseguida algo de cenar.

-¿Ocurre algo?

-Ay me canso, trato de entender el mundo tiragüense y hazte de cuenta que me inundo en un sin fin de absurdos, uno tras otro, sin sentido y sin explicación. Yo creía que mis investigaciones iban muy bien pero cada vez descubro más cosas que me confunden. Me pregunto constantemente ¿si usaban el agua para sus ritos quiere decir que sí se daban cuenta de lo importante que era el agua para su organismo? Todo hace constar que tenían centros ceremoniales donde veneraban el agua. Definitivamente hacían unos charcos

---

[2] Gium, Tratado Sobre Las Naturalezas Ajenas, Disco Maestro, archivo central.

postizos como pequeñas lagunas domésticas usando materiales que acarreaban desde lejísimos y allí se divertían. En las excavaciones que vamos a visitar hay un centro ceremonial lleno de material biodegradante. Con eso no se sumergían en el agua, flotaban. Algunos vinyles de éstos tienen forma de hipocampos desinflados. Estaba tan seguro de mis posturas y sin embargo los hallazgos del Profesor Halles me han hecho cambiar de opinión. Los famosos tanques que él descubrió comprueban que los Tiraguas se sumergían por periodos largos en el fondo de los mares para ver cuánto vinyl se había acumulado. No cabe duda de que estos centros ceremoniales eran muy concurridos e idolatrados. La gente hacía lo imposible por llegar a ellos. Aceptaban trabajos forzados y la explotación más indigna por llegar a estas Mecas Acuáticas y pasar unas pocas noches allí. Con eso los Tiraguas garantizaban el daño a la naturaleza cuestión que caracteriza todo lo que hacían. Dañaban a la gente para llegar a la Meca, luego dañaban la Meca una vez que hubieran llegado todos. Estimulaban la estancia en la Meca donde ya no cabían más gentes y luego estudiaban con mucho cuidado los daños que habían causado. Eso es lo más curioso, siempre se daban cuenta del efecto que tenían sobre las reservas del precioso líquido y actuaban como si no lo supieran.

-No cabe duda que había grandes contrastes. Lo que me pregunto es qué se habrá sentido ser uno de los Tiraguas al cual le tocara medir los daños de los demás. No me puedo imaginar la frustración de estos individuos –incorporó Luz con interés.

-Pues ahora entiendo por qué se quitaban la vida con tanta facilidad, no sólo el uno al otro sino hasta la propia vida se la quitaban de tanta desesperación que sentían. Presentían que su pobreza espiritual era mayor que la material, y la material no le dejaba nada bueno a nadie. Los niños andaban en las calles, los viejos sin ser escuchados en los rincones, era un desastre social.

-Eso explica el desastre material, tú lo sabes. Va junto con pegado- agregó Luz acercando la comida a la mesa.

-Así es, si no sabes lo que tienes no sabes qué hacer con ello. Tenían todo a la mano, agua, luz, aire y fuego y no lo apreciaban.

-No cuidaban a los niños, pero sabían que debían de cuidarlos, no cuidaban nada pero sabían cuánto daño se hacían.

Un poco perdido por lo que pensaba, Gabriel colocó mal la taza que tenía en las manos y volteó el té sobre la mesa de mármol.

-Ay qué bruto soy -dijo levantándose rápidamente para que se le enfriara y no lo quemara.

-Tu nombre lo dice todo, ¿es de origen tiragüense o no?

-Mira el de tu hija también es.

-Para que veas que se puede superar lo salvaje.

Cualquier excusa era buena, Luz ya se encontraba riendo con Gabriel quien no se detuvo de acariciarla. Ángela llegaba de su sesión de pintura y al abrir la puerta los encontró abrazados, dijo en tono de invitación;

-Qué hambre tengo, vamos cenando algo y los dejo solos, como prefieran.

Luz y Gabriel se separaron sin soltarse las manos y revisaron la nevera juntos para ver qué había guardado. Sonó el timbre de la puerta y los tres se asombraron.

-¿Quién será? -dijo Luz pues no esperaban a nadie.

-Doctor qué sorpresa, estábamos a punto de merendar. Llegó usted a la mejor hora posible -el abrazo entre Gabriel y el emérito alegrólogo se distinguió desde la cocina. Fue coreado por la invitación de Luz,

-Pásese, ya sabe que aquí es bienvenido siempre.

-No pude resistir la tentación, vine como quedamos sobre todo porque acabo de estar por allá y sé lo que es andar en aquellas tierras tan lejanas. Yo encontré unos sitios donde comer que no olvidarán, así que saca tu apuntador Gabriel y toma nota es cuestión de que sigas mis indicaciones al pie de la letra. Encontrarás unas maravillas culinarias inolvidables si vas a comer a las fondas que conocí.

Como buen gordo sabía dónde comer bien, y no estaba tan gordo sólo parecía tener el vientre cansado a lo cual tenía derecho, ya estaba un poco viejo.

-Cumplió su promesa, dijo usted que vendría y no nos quedó mal -Ángela había pelado ya un melón y lo acercó a la mesa. Al momento estaban sentados los cuatro poniendo sus manos al frente para recibir la bendición de Luz que no empezaba una comida sin dar gracias por ella. Emocionada por soltar una noticia, Ángela acomodó su comentario en cuanto pudo;

-¿A qué ni sabes qué pasó hoy Mamá? Arena y Piel ya son novios.

-Eso se veía venir, todo el tiempo andan juntos.

-Pues ahora parecen pichoncitos, los hubieras visto esta tarde. Pensé mucho en ti y cada detalle me hacía pensar que te hubiera encantado verlos.

-¿En qué etapa escolar vas? -preguntó el Doctor, arrepintiéndose de haber interrumpido una conversación tan fresca. Eran errores que no debía de cometer alguien de su edad. Si tenía el grado de Doctor era porque ya sabía escuchar y una conversación así no la oía tan fácilmente. Más se arrepintió porque se siguió desviando el tema, de hecho cambió por completo con la pregunta de Gabriel;

-Dígame por favor en qué área está concentrando sus investigaciones ahora, Doctor.

-Bueno ya ves que me nombraron miembro honorario del comité de seguimiento y vigilancia de la Ley contra El Abuso del Prójimo, pero la verdad es que no hay mucho que hacer al respecto. Esto ya es un tema un poco anacrónico, sabes, ya no hay delitos que perseguir de manera que no hay mucho que hacer.

-Ay pues a mí me parece muy acertado, claro que no soy nadie para calificar lo que hagan los Magistrados, pero a mí me parece que las cláusulas que se desprenden de la ley deben quedar puntualizadas y no darse por entendido porque es desde que se promulgó la Ley de la Igualdad que salimos del Obscurantismo y entramos a la Edad de la Razón.

-Bueno a mí sí me parece importante, no me malinterpretes, no es que no le dé importancia pero es que eso ya es tan obvio que es difícil que se erradique la actitud común que tenemos al respecto. Yo sé que es un avance dejarlo asentado en actas pero creo que eso es más bien esta necesidad de las mujeres de tener todo por escrito en vez de relajarse y disfrutar la vida.

Gabriel se rió, y a Luz no le quedó otra más que disfrutarlo también, el doctor estaba jugando, no podía ofenderlo. Sabía que lo hacía con la intención de jugar de manera que no tomó a mal su comentario.

-Pues si pensáramos así siempre entonces no habrían leyes y estaríamos otra vez tiraguando como en la prehistoria.

-Los Tiraguas tenían leyes y por escrito -interrumpió Gabriel-, si incluso tenían un vicio que hemos calificado como Abuso de la Infracción.

-¿Y eso para qué? -preguntó la menor.

-Para verificar la necesidad de que exista una ley constantemente la avalaban y con pagar una infracción la denigraban.

-La ley no era para obedecerla -añadió la emérita visita.

-Como todo, lo hacían absurdamente, es que no puedo entender ¿Por qué hacían todo al revés?

-Mira hija, tu generación tiene esto más claro que la nuestra. Ustedes por lo menos ya saben que los Tiraguas actuaban al revés sistemáticamente pero nosotros tuvimos que descubrirlo y no te imaginas las sorpresas con las que nos hemos topado. De manera que brindemos de nuevo porque si de algo hay que dar gracias es de haber nacido en la Edad de la Luz.

Sus puños chocaron nuevamente anunciando una celebración plena.

-Son tantas las costumbres tiragüenses que tenemos embebidas en la cotidianidad, como nuestra costumbre de brindar por ejemplo, esa es una costumbre bárbara. Los Tiraguas tenían que demostrarle a quienes tuvieran sentados en sus mesas que no estaban armados y ese brindis se deriva de uno previo con el que confirmaban no haberse envenenado mutuamente.

-¿O sea que un Tiraguas demostraba que era tu amigo comprobando que no te pensaba asesinar?

-Más o menos -aclaró Gabriel

-Vaya ambientito, con razón no quedó nadie.

-¿Y ya conocen ruinas tiragüenses o es su primera excursión? -le preguntó el galeno a Luz.

-Mira conozco algunas de las culturas tiragüenses periféricas, las más cercanas pero al Valle Central no he ido. Gabriel por supuesto se las sabe de memoria pero por videografías aunque tampoco ha logrado ir a este centro ceremonial en particular.

-¿De verdad? Gabriel, yo hubiera creído que ya recorriste la zona del Desastre Mayor.

-Nunca he llegado tan al sur. He recorrido las ruinas del noroeste del planeta y algunas zonas cercanas de las culturas periféricas pero no las tierras de la región central.

-Pues sí que te esperan muchas sorpresas, el impacto al verlo es brutal. Te pueden contar todo lo que quieran que nada describe lo que se siente pararse frente a aquel desastre. Los cuerpos que no quedaron fosilizados dentro de las bolsas de polietileno fueron carcomidos por el salitre. No dejó ni los huesos y sobre esas sales pretendían vivir. La tierra huele a desperdicio fosilizado. Es realmente impactante, ¿y tú ya te preparaste para la excursión?

El Doctor se dirigía directamente a Ángela y aprovechó la interrupción para encauzar la conversación hacia lo que más le interesaba, la conversación que había quedado inconclusa.

-No conoces a mi nieta, también está cursando sus estudios intermedios, debe de estar en algún grupo de estudio tuyo, tiene exactamente tu edad. Es más, me recuerdas mucho a ella.

-Creo que sí hay una alumna con su apellido en mi plantel. No olvide que ya hay varios planteles, ya no es como antes que nos concentraban a todos de la misma edad en uno, ahora están revueltos y hay jóvenes de diferentes edades en cada plantel.

-Estoy casi seguro de que ella estudia aquí en el centro pero le voy a preguntar. Se llama Aroma y su hermana mayor Sol. Sol ya tiene mucho tiempo que es novia de un muchacho de la Superior, uno flaco, largo, le dicen Granito.

-Ay claro, yo no sabía que ellas fueran sus nietas. Con razón son tan agradables y todo el mundo las saluda. Corren rumores de que esos dos ya se van a casar, ¿es cierto?

-Más que cierto y espero que no falten a la misa va a ser aquí en la Montaña Grande, estos jóvenes van a montar su altar allí.

Qué lindo, otro altar que se monta en el mundo- añadió Luz que siempre se emocionaba cuando oía decir que dos jóvenes se hubieran enamorado.

-Sol es bastante mayor que yo, no va en mi plantel pero sí la he visto en la escuela cuando pasa por su hermana. Nunca me imaginé que fueran sus nietas.

-Claro porque nunca va mi hija por ellas, creo que la lleva siempre su papá y a él nunca lo has visto conmigo.

-Bueno -interrumpió Gabriel-, dijo que me iba a recomendar algunos sitios que no nos debemos perder para comer. ¿Qué tan lejos están las dunas de arena de la grieta mayor?

-Algo retiradas, las vas a sobrevolar antes de llegar, las podrás ver desde la ventanilla si bajas la velocidad. Tienes que desviarte mucho para visitarlas vale más la pena realizar una excursión corta desde el cabo y regresar al segundo cuadrante, considéralo para una salida local mejor. Son kilómetros y kilómetros de desolación, todo lo que hay para ver se puede ver desde tu nave, porque todo eso está como lo dejaron los Tiraguas hecho un desastre. Pero para Ángela será muy divertido deslizarse por las dunas. Bueno pero usted que ha estudiado tanto a estos salvajes explíqueme por qué, si habían estas grandes extensiones de arena y ellos sabían que no servía para nada, ¿por qué no orinaban en arena en vez de envenenar así el vital líquido?

-No se imagina usted cuántas veces me he preguntado lo mismo. Es seguro que lo sabían porque esas regiones fueron verdes pero se acabaron las plantas. Al acabarse las plantas dejó de caer lluvia y dejó de haber agua. Lo más que hicieron fue sacar los cadáveres ya líquidos y usarlos de combustible. Una parte se quemaba con ese propósito y otra parte se usaba para las bolsas, los calzones desechables y los hipocampos insumergibles con los que jugaban en los centros ceremoniales. Ellos sabían que al destruir las plantas destruían la tierra y lentamente acabaron con el agua.

-Qué cosa más extraña, convertir una área verde en arena -añadió Luz.

-Luego ni siquiera usaban la arena. Es que sólo a un Tiraguas se le podría ocurrir hacer algo así -comentó Ángela sin poder contener una risita burlona.

-Bueno me comentaba mi mujer que se ha comprobado que sí le ponían arena a los animales para defecar -dijo el Doctor interrogando a Gabriel más que otra cosa, pues él no era un experto sobre culturas antiguas como el profesor, obviamente.

-Bueno le ponían arena a los gatos nada mas pero en el Centro Ceremonial de Temixco se denota el culto al agua. El lugar está lleno de caídas artificiales, hechas a mano y de lagunas postizas construidas con materiales transportados desde lejísimos.

-Dentro de todas sus salvajadas yo me imagino que estos sitios deben haber sido bellísimos en sus tiempos -opinó Luz que siempre veía el lado bueno de las cosas.

-Sí probablemente pero cuando tenían agua. A partir de la sequía aquello se convirtió en lozas de arena y cal apelmazadas que dudo hayan servido para algo.

-Que desesperación para el pueblo, tener esos monumentos vacíos -Luz siempre pensaba en los demás. El clamor popular era un mandato divino para ella.

-¿Cuándo salen de viaje?

-Pasado mañana con el primer rayo de luz -respondió contento Gabriel.

Como no iba a estar contento si había dedicado toda su vida a estudiar esta raza extinta, ahora iba a poder pisar la cuna de la catástrofe y ver con sus propios ojos la causa de esa destrucción.

-¿Y será que realmente allí comenzó el holocausto?

-Cerca, no se puede comprobar pero es lo más probable. Estoy muy entusiasmado, tal vez con este viaje pueda corroborarlo. Nos vamos con calma no quiero correr ningún riesgo. Ya vimos como le fue a la familia que perdió la vida el año pasado. Todavía hay accidentes, no hay que confiarse tanto.

-Qué grotesco, ser quien recibe un aviso así sobre la muerte de alguien que quieres por el noticiero. ¿Te acuerdas de ellos y de cómo lloraban sus familiares? ¿Qué pudo ser lo que los mató Doctor?

-Me acuerdo del caso, tengo entendido que sufrieron un estallido por descompresión, debe haberles causado una muerte instantánea.

-Menos mal porque qué cruel es la vida cuando le exige a uno sufrir para acabar muriendo –añadió angustiada Luz.

-Por eso hay tantos médicos especializados en descompresión hoy en día aunque con los vehículos que tenemos ahora un error sería una muerte segura. Al cabo que no piensan salir de la atmósfera ¿verdad?

-No pero un error es posible- comentó Gabriel volviendo a amargar el tono de la conversación–, los cambios bruscos de presión atmosférica son y serán siempre causa de mucho desorden en el organismo humano. Por eso viajar, aunque sea sencillo, no deja de tener sus riesgos y sus consecuencias, sin pensar en las calamidades. Viajar cansa por que somete al organismo a muchas alteraciones bruscas.

-Pero hoy en día es difícil que haya una tragedia así. Yo no he visto un estallido como ése en toda mi carrera profesional.

-Vaya menos mal, eso sí fue un alivio -agregó la muchacha un poco cansada de lo tétrico que se había vuelto la conversación y agradeciendo el giro del tema central de éste.

-De manera que mañana todavía estarán por aquí.

-Todavía y supongo que mi mujer tendrá el día tan atareado como yo. ¿Tú Ángela qué tienes pendiente? No vayas a querer dejar hecha una tarea de seis meses mañana en la tarde antes de salir como cuando salimos a recorrer los Polos.

-No Papá, te prometo no hacer de las mías -añadió con una carcajada, pues se acordó de la faena que le hizo a su padre quien no pudo dormir en toda la noche por su culpa-, pero sí espero que este viaje sea más interesante y no tan aburrido como ése.

-Ay hija es el colmo que puedas pensar de esa manera -Luz sonaba molesta-. Los jóvenes de hoy creen que el mundo siempre fue así, viven algo tan maravilloso y les parece poca cosa de tan consentidos que están. Hoy en día ya pasan por los Polos como si nada y qué poco se imaginan cuánto esfuerzo ha habido por cerrar aquellos hoyos que los derretían. Hoy se visitan cual si fuera cualquier cosa, como turistas y estos muchachos ni cuenta se dan de cuánta tecnología hay detrás de ello.

-Nunca olvides, Luz, aquellas maravillosas palabras del pensador de la península "No pensarás volver a lavar los mares tú solito". Cuando somos jóvenes todos nos creemos capaces de hacer cualquier cosa y por eso damos todos estos adelantos por un hecho.

-Pero ese paseo sobre aquellos conglomerados de nieve es realmente espectacular. Yo francamente me quedé con la boca abierta como cuando conocí El Pico Bravo y La Costa Brava. Cada paisaje tiene lo suyo.

-Además acuérdate de la edad que tenía Ángela cuando fuimos mi vida, estaba muy chica para darse cuenta de nada. Lo que pasa es que como los jóvenes allí no encuentran qué hacer se fastidian. Les gusta más ir a los lugares donde pueden jugar y los Polos son realmente para verse -añadió-. Ideales para una luna de miel -y Luz se acordó del sol a media noche-, debería de llamarse sol de miel en todo ese plano del cuadrante, por lo menos en el invierno.

-Bueno tú vives pensando en el amor, Luz.

-Quién no Doctor -contestó riendo y brindando de nuevo.

La cordialidad dejó llegar una especie de calma que avisaba que era tarde y a todos les esperaba un día con mucho trabajo.

-Voy a aprovechar que queda un poco de tiempo para revisar mi archivo. Así te podré hacer una lista más precisa de los sitios sabrosos que ya probé. Quiero sobre todo hacerles algunos encargos ya vez que hay muchas plantas milagrosas en esa región. No dejes de traerte tu dotación de todo, hay hasta un lago de pura espirulina y no dejen de probar el huevo de mosco que se aposenta en esa laguna, es algo delicioso. Ojalá vean las barbadas de patos es el tiempo en que emigran y un poco más al sur no se pierdan el descenso de las golondrinas en los campos despoblados de maíz. Esta vez yo garantizo que te vas a divertir, Ángela. Vas a comer moluscos y la vas a pasar muy bien, te lo aseguro.

-Mas ella que es tan aventurera para comer, desde bebita lo que le brindáramos lo probaba –añadió su mamá con entrometida y confiada autoridad.

-Me encantan los crustáceos, creo que es lo que más me emociona del viaje.

Ese comentario les recordó a todos la hora que era y lo mucho que urgía ya el descanso. Ángela fue la primera en despedirse, puso el ejemplo y todos comprendieron que siendo jovencita sentía aún más sueño que los demás. Terminaron de despedirse los mayores y el goloso doctor quedó claramente de enviar un croquis detallado de todas las fondas que había conocido.

Al día siguiente Gabriel y Luz sentían que había detalles pendientes, pero en realidad podían estar tranquilos, tenían todo el día para atenderlos. Estando las cosas en orden saldrían cómodamente con el primer rayo de luz del día siguiente. Pero esa era la última mañana que tenían para prepararse, Ángela tocó suavemente en la puerta más temprano de lo acostumbrado y luego de oír a sus padres ofrecerle pasar asomó la cabeza por su rendija.

-¿Qué, ya estás lista para empezar el día?

-Sí quiero arrancar temprano para que me dé tiempo de ir a jugar en la tarde. Papá ¿pasas por mí?

-Naturalmente. ¿ En qué te vas ahora en transporte o a pie?

-Llevo bicicleta.

-Bien te alcanzo en la mía y nos podemos regresar juntos.

Dicho y hecho, después de trabajar, Gabriel estuvo puntualmente en la puerta del colegio por Ángela. Arriba de sus bicicletas se desplazaban por las banquetas de los parques de la ciudad.

-¿Pasamos por tu mamá?

-Nos queda un poco fuera del camino y es que a mí me interesa llegar temprano a la cancha no vaya a ser que no me dé tiempo de jugar.

-Pero a mí lo que me interesa es tu mamá. ¿Vamos?

-Vamos, lo que te estaba proponiendo era que si querías me puedo adelantar a la cancha. Me va a alcanzar Arena allí. Quedé de jugar con ella pero si quieres vamos juntos por Mamá. Lo que pasa es que no quiero estarte apurando y ya vez que ella tarda en salir y tiene que enseñarte todo lo que hizo hoy y todo eso…

-Tienes razón, no se me había ocurrido. Adelántate a las canchas y luego podemos salir a caminar todos juntos.

Acordada la programación de la noche Gabriel reflexionó y pensó en la salida temprana. Tendría que ser un paseo corto y de seguro que a ellas les parecería bien porque de todas maneras Ángela siempre salía cansada del partido de tenis. Por lo mismo, Luz tampoco lo entretuvo en la puerta de su trabajo. Ya tenía todo organizado para viajar temprano y no la esperaban en la oficina por unos días.

Estuvo bien que Ángela se adelantara y más que Arena era exageradamente puntual, aunque nunca se afligía y siempre estaba tranquila, la hubiera esperado con toda calma.

-¿Jugamos?

-Estoy lista.

-¿Prefieres usar la cancha vertical o la horizontal?

-Sabes creo que tengo con estirar bien la espalda y no cansarme demasiado. Además dijo Papá que nos llevaría a pasear acabando y ya vez cómo son las excursiones de Papá. Yo acabo muerta de tanta carretilla y de tantas carcajadas. Con jugar un partido horizontal creo que va a ser suficiente para mí, para poder acabar temprano y platicar un poco antes de despedirnos.

-Pareciera que te vas para siempre. Estarás de regreso enseguida y entonces vas a querer seguir en el paseo. No hay que despedirse porque despedirse es triste, vas a volver enseguida.

-Mejor juguemos, yo sé que una semana no es nada pero no sé por qué presiento que volveré otra persona.

-No exageres, viajar ilustra pero no hace milagros.

Riéndose se redoblaron un medio chongo con su lujoso cabello largo, como era la tradición, ambas entraron acostadas a la cancha techada y comenzaron a calentarse en posición de araña. A Ángela se le escaparon algunos gruñidos cuando sintió estirar de músculos de la espalda, incómodas en un principio pero lentamente adquiriendo habilidad se deslizaban por la duela con agilidad. Después de unos cuantos tiros, Ángela comentó;

-Creo que con el puro calentamiento tengo. Me gusta jugar horizontalmente porque me cuesta más trabajo y siento que hago más ejercicio en menos tiempo así.

-A mí también y estoy contigo, un rato de esto y que nos invite tu papá un confitado para recuperar la pérdida en las caderas.

-Lo que yo quiero es perderlas no engrosarlas.

-No hay que ser tan drásticas yo veo que a Piel le encanta que estén un poco recuperaditas, sin exagerar, claro.

-Bueno como sea el ejercicio es lo máximo, sale... - dijo lanzando ya la pelota en forma ordenada dejando atrás el calentamiento. Ángela volvió a lanzar la pelota contra el techo y Arena se desplazó por el suelo para alcanzarla. Jugarían a veinte tantos para no agotarse. Para cuando llegaron Gabriel y Luz en sus bicicletas el partido estaba por terminar;

-Reto a la ganadora -dijo Gabriel que no pensaba dejar de jugar-. Yo juego con la que pierda, al cabo que a mí lo que me interesa es hacer ejercicio no ganar. Eso sólo se le puede ocurrir a un individuo de instintos tiragüenses.

No lo acabó de decir cuando Gabriel para aprovechar el tiempo en lo que acababa el partido de Ángela y su amiga, bajó a Luz de su bicicleta y se rodó con ella por el pastizal besándola y rosando sus magníficos senos. El juego acabó pronto y los interrumpieron las niñas.

-Si piensas jugar vas ahora porque ya se está yendo la luz y Mamá quiere jugar también.

-Voy aunque sea a diez tantos.

-Veinte para que te canses así no me ganarás.

-¿Contra quién me tocó jugar?

-Contra mí, tu beba, para que me pueda burlar de ti todo el camino mañana.

-Qué va si el que se va a burlar soy yo, no me ganas por más años que te lleve -dijo Gabriel cerrando ya por adentro la rejilla de la cancha.

El tenis horizontal requería sin duda de mejor condición física que el vertical. Con cinco minutos de juego se sudaba. Ángela, a pesar de estar jugando su segundo partido retaba con éxito a su papá. Fue fácil agotarlo y abusar de la tiesura de sus sesenta años. Parecía mentira que siendo un hombre tan joven ella lo pudiera creer viejo. Ella veía mayor hasta a un adolescente de cuarenta años.

Acabando el partido Gabriel se dejó caer sobre el piso de la cancha exhausto. Sintió la madera tibia de la tarima donde estaba acostado y pensó en relajarse un rato en el sauna de su casa antes de dormir. Seguramente conseguiría dormir profundamente con un buen masaje en los pies después de haber hecho tanto ejercicio. No se sorprendió de que Ángela le ganara aunque fuera su segundo partido, se sorprendió más bien, de que había podido sostener su rivalidad hasta el último minuto porque estaba rendido desde el primer tanto.

-Bueno estarás satisfecha, lograste demostrar lo que querías. Más me vale darme un masaje profundo y dormirme temprano.

-Prometiste un paseo y quién sabe cuántas otras cosas.

-Bueno el paseo sí te lo voy a cumplir, uno corto para relajarnos por completo antes de irnos a acostar.

Luz y Arena salieron de la cancha horizontal de junto para encontrarse con ellos, Gabriel sólo había jugado hasta diez tantos y ellas también. Se encontraron con Gabriel y Ángela entregando su pelota y las raquetas al viejo que las recolectaba. Se sentaron a descansar en las bancas junto a la fuente de agua antigua copia de la de Llerena.

-Si vamos a tomar algo, vamos decidiendo qué queremos hacer.

-Propongo que bajemos en las bicicletas por el centro y caminemos por la orilla del río a los confitados.

El camino quedó indicado pasaron los primeros troncos y bajaron hacia el arroyo grande en el centro de la ciudad. Quedaba poca luz de día pero así la meta acordada, el puesto de los confitados, quedaba de paso. Andaban delante de ellos Arena y Ángela quienes saludaron a Perla y Micro los cuales se detenían la mano en la banca de la orilla del camino.

-Esos nombres que se pusieron de moda cuando nació Ángela siguen sin gustarme –comentó Luz como pudo haber comentado cualquier cosa-, ni Micro, ni Gamma, ni Delta me gustan, me parecen impersonales, además, los Santos son Santos por algo y hay que venerar a la naturaleza haciéndole homenaje con nuestros niños criándolos para ser Santos, ofreciendo así otro santo al mundo.

-¿Y por eso me llamaste Ángela?

-Pues sí, Ángela es entre natural y sacro.

Sentados mientras entraba el fresco de la noche, había oscurecido y se acordaron que el tiempo se acortaba. Había que salir temprano y descansados. Gabriel no pudo dejar de jugar su papel y enseguida empezó a darles instrucciones.

-No se les vaya a olvidar nada mañana recuerden que la descompresión es necesaria porque es inevitable la compresión. Viajaremos con el primer rayo de luz de manera que hay que estar preparados temprano.

-Papá yo quiero viajar sola.

-Pues viaja sola.

-Gabriel, cómo la vas a dejar, estás loco, qué si no sabe manejar su vehículo hasta allá.

-No le pasa nada.

-Con olvidar cualquier detalle le puede pasar algo, imagínate que no se esperara a descomprimir completamente.

-Ay Mamá ni que fuera una chiquilla. Si me portara así hasta agarrada de tu mano me puede pasar algo. Por favor Mamá, me sé cuidar y sé manejar un automóvil.

-Sí Luz, por favor no tiene más que apretar un botón y así viajaremos más cómodos.

-Qué más da si sólo tardaremos unos segundos, prefiero pasar un poco de incomodidad y estar segura de no perdernos o algo así, imagínate que se equivocara de camino.

-Por eso vámonos todos juntos para que nadie se pierda y no perdamos el tiempo buscándonos.

-Procura repasar con ella todos los pasos que tiene que seguir, no confíes en que ya sabe manejar por favor.

-Si no tiene más que apretar un botón para arrancar y otro para la descompresión. No tiene ninguna ciencia saber manejar hoy en día.

-Vez Mamá, él no se opone, eres tú.

-Mejor no diré nada entonces, pero si vas a empezar a viajar sola tienes que saber manejar con cuidado. Tú no te puedes imaginar lo que te puede pasar si sufres un cambio repentino de presión atmosférica, los cambios bruscos de presión son igual que los cambios bruscos de temperatura y pueden ser muy graves.

Disfrutando el paisaje del río que corría por el centro del parque y mientras saboreaban la repostería de la Sra.Clara sonó el teléfono portátil de Luz. Los demás escuchaban la conversación, sentados al lado de la mesa, o la mitad de la conversación porque en la otra mitad no la podían oír, pero todo hacía entender que Luz estaba recibiendo la cancelación de una invitación a cenar. Ni modo, se le oyó decir, ya sería posible sólo que estuvieran en la ciudad otra vez.

-Ni modo -repitió bajando el aparato sobre la mesa–, se canceló la cena que te preocupaba, era la mamá de mi amiga, la abuela de Julio para avisar que siempre no pasarán por aquí, su itinerario ha sufrido trastornos.

-Qué bueno porque me olvidé de pasar al estanque para reservar el pez-confesó Gabriel.

-Pues hubiéramos cocinado cualquier cosa, eso es lo de menos. A mí lo que me duele es que no hemos cenado con ellos hoy mismo.

-Amor si al llegar estaba apretado hoy hubiera sido más problema y ni siquiera lo hubiéramos disfrutado.

Ángela se quedó con las ganas de enfatizar su desacuerdo. No vendrían y ahora le quedaba cierta curiosidad por conocer a un muchacho tan recomendado. No tenía cómo mostrar que le dolía la cancelación y se tuvo que quedar callada.

-Es cierto lo fundamental en una fiesta es estar de buen humor y hoy necesitábamos calma. Por lo menos todos acabamos lo que teníamos que hacer y Ángela no perdió más clases de lo necesario.

-¿Sí tuviste taller hija, o retrasamos la salida para nada?

-Tuve taller de clitoreo y me traje tarea para estar al día cuando regrese. Además, el próximo día de Marte no hay clases, y por supuesto el día de Mercurio tampoco son días festivos, perderé los días de Júpiter y Venus porque Saturno es libre de todas maneras y por lo que te entendí para el día de la Luna estaremos de regreso. Este día de Marte es el día de la Promulgación de la Igualdad Humana, ¿o qué usted no hizo ni sus estudios primarios Profesor? -le dijo burlonamente a su padre.

-Se me olvidó la fecha nada más, aunque tampoco nací antes de la revolución material eh, no soy tan viejo. Lo habíamos considerado al hacer los planes para que no faltaras tanto a tus actividades. Recuerda que todo lo bueno en la vida requiere de tenacidad y constancia y nada puede ser más importante que tu salud mental por eso nunca dejes de hacer tus ejercicios. Tal vez convenga que te traigas algunos videos para que no te retrases en tus estudios tampoco.

-Ay Gabriel, qué tiempo le podrá sobrar, si con este viaje va a aprender todo lo que los textos pueden enseñar.

-Además mis compañeros me orientarán, aquí está Arena para que me guarde apuntes. Los toma mejor que yo y ya hice mis ejercicios, me siento bien así, de vacaciones.

-Déjala que se relaje y lo goce que para eso es la vida.

-Tienes razón, ahora vámonos a descansar tenemos que viajar temprano y les advierto que si me nombran plenipotenciario de la facultad el próximo verano voy a tener mucho trabajo y dudo que podamos viajar por un tiempo.

-Te apuesto a que viajaremos más con tantos compromisos que vas a tener, más aun con lo fácil que es viajar hoy en día. Se puede ir y venir a cualquier parte del universo en segundos.

-No te creas no es tan fácil sobre todo si viajas a sitios tan devastados como los que vamos a visitar ahora. El aterrizar en esas tierras legendarias sigue siendo bastante complicado así como todo el legado tiragüense que arrastramos. No hay que ser tan arrogantes y debemos aprender de nuestros errores y de los horrores del pasado obscurantista. Si yo me la pasara viajando como descomprometido tiragüense no sé cuándo acabaría mi trabajo.

-Tu trabajo es interminable y lo sabes.

-Bueno pero yo ya tengo que concluir algo.

Arriba de su bicicleta Gabriel se quedó pensando en sus propias palabras. ¿Qué significará llegar a algo? Menos mal que encontró a una mujer a la que no le importaba el futuro, si ella estaba contenta hoy, con eso tenía. Nunca le hacía falta nada, todo lo gozaba y todo lo aprovechaba, desde el amanecer hasta la más insignificante flor.

-Me encantan los fines de semana, el tributo a Venus que hacemos para marcar su inicio es justo. El día de Venus sigue siendo mi día favorito. Me siento con ganas de jugar y divertirme.

-A mí me siguen apasionando los domingos, porque aunque enseguida se venera a la luna, como me gusta mi trabajo no me espanto pero los domingos son para abrazarte.

Era imposible mantener una conversación así arriba de una bicicleta. Gabriel no sabía si debía de detener a Luz en la penumbra de los árboles o apurarse a llegar a casa. La noche se anunciaba y Gabriel pensó en quedarse un rato allí con ella para caminar cuando la luna aún era tierna. Se lo insinuó.

-No he empacado.

-¿Y qué? Al cabo que tú nunca llevas mucho equipaje en un segundo lo harás.

Ambos descendieron de la bicicleta y la caminaron a su lado. Ángela y Arena no lo notaron porque se habían adelantado demasiado. Gabriel había hecho bien en alargar el paseo. Las oportunidades y el tiempo son irrecuperables. Luz lo abrazó por la cintura mientras equilibraba su bicicleta. Cuántas veces le había dicho su madre que el amor entre ella y Gabriel era todo lo que contaba en la vida y cuánta razón tenía. Luz comprendía que esa plenitud no era una casualidad, le había costado un esfuerzo, pero todo había sido tan fácil para ella. Fue cuestión de hacerle caso a su corazón y obedecerlo. Encontró a este hombre tan fascinante y no lo pensó dos veces, es más no lo pudo haber pensado mucho, ni tiempo tuvo para ello. Cuando vio Gabriel estaba completamente decidido a no dejar de verla jamás y allí estaba Ángela para comprobarlo.

-Planeé toda la salida en función del día libre y ahora no me acordaba de una fecha tan importante. De hecho el congreso inicia ese día para conmemorarla.

-Si el día de Marte es feriado el de Mercurio tampoco se trabaja, bien dice tu hija que es día de la Ley de la Igualdad que se promulgó un día antes de la Prohibición del Usufructo.

-Mejor, así Ángela casi no perderá clases y yo estaré más tranquilo.

A primera hora todo salió como se esperaba. Madrugaron, se asearon y al salir Gabriel de la cámara desinfectado, Luz lo volvió a inquietar;

-Estás seguro de que ella puede conducir sola.

-Claro si no fuera así no lo permitiría, créeme.

-Tú sabrás, yo se la encomendaré al Señor y su Sra. y punto.

- ¿Qué más quieres? con ese copiloto no le puede fallar nada. Vámonos porque ya va a salir el sol. ¿Ángela ya estás lista?

-Ya Papá.

-Bien.

Le abrió la puerta de su nave, checó los controles y ajustó la brújula. Todo estaba en orden. Revisó el auto de Luz, hizo lo mismo, tuvo la impresión de que todo estaba bien y se subió al suyo. Por fin arrancaron, esperaron el primer rayo de luz y se desplazaron hacia su destino.

Arribando al aeropuerto descendieron de sus naves estirando la espalda y relajando el cuello. Viajar no dejaba de ser complicado por más sencillo que fuera ahora. Es cansado, el cuerpo no deja de sufrir cambios atmosféricos intensos pero todos estaban bien y el viaje apenas comenzaba. Se sentía un hormigueo contagioso. Los tres traían una risa nerviosa de quien se siente extraño en un lugar desconocido. Sin embargo, no tardó Gabriel en encontrarse con algún conocido. Era de suponerse que se encontraría con alguien más aterrizando para llegar a tiempo al congreso, el evento ya estaba por iniciar.

-Le presento a mi familia, es mi hija y mi mujer -las acercó a Heir Lafter uno de los principales ponentes del ciclo-, no sólo es un privilegio poder quitarle el tiempo sino una oportunidad grandísima para mí que todavía no me presento en el pódium y aún podría modificar mi opinión escuchándolo a usted.

-Vaya cuánto tributo me hace a mí un joven tan prometedor y preparado como es tu marido -dijo incluyendo a Luz en la conversación-, francamente qué diera yo por haber tenido tus posturas a tu edad. Te he oído hablar, no olvido mis alumnos nunca, les sigo la pista a todos.

-Supongo. ¿Está usted hospedado en algún hotel ya? ¿No le gustaría acompañarnos?

-¿Por qué no? Voy a avisarles a los organizadores para que no haya problema por si me tienen reservado un lugar en otra parte.

-No quisiera alterar sus planes.

-No alteras nada, estoy solo aquí y en todas partes de manera que me hará bien estar en familia y puedo hacer lo que quiera, si no hay habitaciones disponibles entonces los organizadores me encontrarán alguna, no pasa nada.

Ni modo de que el eminente maestro durmiera en el suelo, más aún siendo un invitado de honor, pero su comentario dolió profundamente. ¿Por qué los viejos se quedarán solos en la vida? Nadie lo sabe y era penoso preguntarle cómo le había pasado a él. Gabriel sabía que el emérito ya no tenía a nadie en el mundo, todos se le habían muerto, pero su gran espíritu nunca permitió que esa desolación invadiera el salón de clases, lejos de lúgubres eran las mejores horas del día, eran alegres, animadas e inolvidables.

-Maestro usted cuenta con una familia muy grande, los que estamos agradecidos con usted somos muchos.

-¿Nosotras también contamos o no? -añadió la niña con tal ingenuidad que a los adultos les dio risa. Ángela se avergonzó creyendo que se reían de ella.

-Gracias un aprecio así de fresco es siempre bienvenido.

-Dejemos aquí los automóviles de ellas para hacer las visitas locales en mi auto que es un poco más amplio -Gabriel tomó el veliz de su maestro sin pedir permiso. Se dirigió al transporte vial procurando abrir la puerta tanto para él como para Luz siendo que tenía esa caballerosa costumbre desde que la conoció. Nunca perdía el tiempo, un beso es un beso y procuraba dárselo con cualquier acercamiento. Halagada Luz entró sonriendo al vagón.

Había cuartos disponibles, el maestro ocupó uno lo más cerca posible de ellos y Gabriel al dejarlo en su puerta aprovechó la ocasión para invitar al profesor a desayunar con calma mañana por la mañana. Pensó así preparar su discurso esta noche para platicar sobre algunos detalles ya más despejado y para tener preguntas concretas que hacerle al maestro. Realmente tampoco quería hacer el ridículo de sentarse a platicar y no tener nada claro que decirle. Además era desaprovechar una oportunidad grandísima ya que para poder platicar con este hombre en particular, tan erudito tendría que esperarse a ser invitado y eso nunca había ocurrido en todos sus largos años de cátedra. Gabriel sin duda estaba muy orgulloso de que el maestro lo recordara, entre tantas caras y tantos buenos alumnos que había en sus tiempos. Él nunca hubiera creído haber destacado lo suficiente.

-Con media hora de plática tengo para llegar al evento mucho más confiado. Qué privilegio realmente, ni planeado me hubiera resultado este encuentro tan bien.

-Supongo que tú querrás ponerte a estudiar esta noche -le preguntó Luz en cuanto tuvo la oportunidad.

-Francamente sí. No quiero ser un aguafiestas pero lo mejor será salir a caminar un poco y luego dejarlas paseando donde ustedes encuentren algo de su interés.

-Vamos al museo de las burbujas fosilizadas.

-Ay Ángela, qué tétrica -brincó Luz apenada por el morbo pero curiosa por ver aquellas legendarias escenas también.

-Vamos si a eso venimos, de todas maneras ya sabíamos que están muertos, realmente no veo por qué ponerse sentimental. No eran más que un grupo de salvajes que lograron lo que se merecían.

-Ángela no debes hablar así de ninguna manifestación humana -la corrigió su padre.

-Ay Papá exageras, como voy a respetar a semejantes primitivos.

-Pues de lo que te vas a sorprender es de ver cuántas de nuestras costumbres tienen su origen en aquel mundo obscuro y olvidado.

-No puede ser yo me imaginaba que todo ese mundo ya se hubiera borrado.

-No es así, nos queda mucho de ellos, simplemente el lenguaje que usamos, casi todas nuestras palabras tienen su origen en el mundo tiragüense.

-Si hasta el tenis es de origen tiragüense -interrumpió Luz-, incluyendo el peinado.

-No te puedo creer, y a mí que me divierte tanto, ahora resulta ser una costumbre de salvajes.

-Bueno ahora se juega de muy diferente manera pero eso de corretear una pelota con una raquetita es una costumbre muy antigua. El juego de la pelota data desde la prehistoria, los primeros grupos tiragüenses tenían canchas hasta en un pequeño pueblo llamado Chichén.

-Nunca lo hubiera imaginado, si el tenis no hace daño. Lo última que hubiera creído es que hicieran algo que no les hiciera daño. ¿A qué se debería que algo inocuo les gustara?

-Ángela ya te he dicho que no seas tan arrogante y nunca lances la primera piedra.

-Discúlpame Papá, no lo vuelvo a hacer, pero es que me parece increíble que tengamos cualquier cosa de origen tiragüense, no digamos algo que a mí me gusta tanto.

-Jugaban a la pelota de muchas maneras. De hecho en el itinerario está indicando la salida mañana por la mañana a las canchas colosales, dicen que son gigantescas. ¿Por qué no van tú y tu mamá mientras desayuno con mi maestro?

-Yo sí quiero ver eso, tenía que ser que tuvieran canchas monumentales, todo lo hacían a lo tiragüense, hasta jugar al tenis. Vamos Ángela el regreso es al medio día y llegaremos para oír hablar a tu papá.

-No nos podrá retrasar nada, sería el colmo haberlo acompañado y no llegar a oírlo dar su conferencia.

-Nos aseguraremos primero de que no haya peligro de llegar tarde. Podemos preguntar, según este programa llegamos a tiempo y si no es muy difícil el acceso es posible estar para oír la ponencia.

-Sí llegan y si no, se las repito en la noche, total no pasa nada. A mí me gusta la idea de que recorran la mayor cantidad de sitios arqueológicos posibles para que me cuenten cómo son. Así te servirá más mi conferencia, hija, porque te darás cuenta que si bien los Tiraguas jugaban tenis en nada se parece esto a lo que nosotros llamamos jugar tenis y que si usaban las mismas letras las usaban para muy diferentes propósitos, porque las letras podrán ser las mismas, pero la diferencia está en cómo y para qué las usamos.

-Si hasta tu nombre es de origen tiragüense.

-¡El mío!

-Sí el tuyo, al igual que el de tu papá.

-Pero cómo fue que se les ocurrió hacer una cosa así.

-Qué tiene, cantidad de palabras que tú manejas son de origen tiragüense.

-Si vieras qué interesantes resultados arroja la filología actual sobre la yuxtaposición silábica por razones culturales que se ha dado como en el caso de alergólogo y alegrólogo que muestra la asimilación de las culturas dándose un verdadero enroque de sílabas. Otros cambios interesantes son los que se dieron entre los conceptos de bautizo y hartazgo, naciendo así el término bautazgo, que es de origen órfico por cierto.

-Y de mucha más trascendencia de la que pudiera captar un joven.

-¿Qué es eso de órfico Papá?

-Un grupo muy antiguo, de los primeros tiragüenses, es curioso que permanezca el término en nuestro lenguaje hoy en día y lo seguro es que el término encierra ambos orígenes de los Tiraguas, tanto su fuente Apolínea como la Dionisiaca. Su origen griego resalta y se revela como elemento que influye y es asimilado por las culturas bárbaras conquistadas por los romanos. Los hartazgos eran de la cultura dominante y reflejan la frivolidad de los conquistadores.

Fue una lástima que Ángela hiciera hincapié en lo que no entendía de la conversación porque el comentario hizo recordar a todos que existía ese pendiente común, el que compartían. Luz realmente no quiso ensombrecer la tarde tan deliciosa que pasaban en aquellos campos magníficos de árboles gigantescos de Secoya los cuales habían resistido el fuego crudo. Realizaron esa salida corta y tomaron el tour de la tarde para descansar antes de que empezara el congreso. Iniciaban su gira por el cuadrante central del planeta. Ella trató de evadir el tema pero no pudo.

-Los jóvenes difícilmente comprenden la trascendencia detrás de un descubrimiento etimológico de esa naturaleza, mi vida. Usamos también palabras, como clitómetro, que no significan lo que significaban en tiempos tiragüenses en lo más mínimo. Para ellos era algo que servía para medir la pendiente de la tierra, hoy lo que mide es la felicidad de la gente. Claro que el término sincretiza las tendencias emocionales básicas de su composición social, mientras ellos procuraban ocupar muchas hectáreas a nosotros nos interesa excretar orgasmos, la diferencia es de calidad, no de cantidad, porque tampoco nos interesa contarlos sino medirlos en cuanto a su intensidad.

-Eso es ejemplo claro de una yuxtaposición transcultural.

-Hay otras formas de evolución de los términos dentro del fenómeno ejemplificado con la palabra clitómetro. Creándose una grave confusión por el hecho de confundir lo enclítico con el clítoris y se realizó una distorsión enclítica que es esa yuxtaposición morfológica y semántica. Otro ejemplo desde luego es el romanceo de alergólogo a alegrólogo que también mencionaste y que refleja mucho más que una yuxtaposición silábica, refleja una gran evolución social más allá de lo literal algo ya profundamente arraigada en nuestras tradiciones modernas.

-Otro ejemplo sencillo es el nombre de Marta que proviene de Marte y ya no del animal extinto que devastaron los Tiraguas, el nombre sobrevive aunque el animal no, y no se usa como lo usaban nuestros antepasados pero muestra la asimilación de las culturas.

-Menos mal no sé qué hubiera hecho yo si hubiera nacido en esos tiempos. Por lo que cuentan creo que me hubiera suicidado.

-Hasta los términos que usaban -continuó el profesor-, revelan una profunda confusión espiritual. Otra muy notoria, fue la que trajo la degradación del término transacción, algo muy respetado por los tiragüenses ejecutivos que lentamente se convirtió en tranza acción y acabó con los llamados mercados. Toda manifestación tiragüense encierra una contradicción que llevó a toda una civilización al desgaste.

-O sea, no que tuvieran la contradicción incrustada por sistema, ellos se creían sensatos, sino que se les podía muy bien considerar artífices de la contradicción misma -añadió Luz con esa precisión metodológica que la caracterizaba.

-Claro que sobre todo se debe al efecto de 'mimesis' que provocaba la cajita entretenedora donde aparecían actos delictivos, uno tras otro, pequeños simulacros de agresiones y trastornos que cuando eran imitados, los imitadores eran enjaulados a pesar de la perfección en la semejanza de lo representado. Como bien dijo tu Mamá, los Tiraguas no sólo conocían la contradicción, sino que la aplicaban como paso metodológico obligatorio.

-Es el llamado sistema de autoflagelación permanente de la cultura tiragüense que no es otra cosa que un síndrome de 'abuso hasta de mí mismo' ya claramente detectado por Franfor.

-O el llamado 'autogol cotidiano' de Ramé.

-Qué bueno que me lo recuerdas debemos entrar a una central tipográfica y conseguir sus versos. Es seguro que los deben de tener en alguna librería cercana al congreso.

-Eso y muchas otras curiosidades pero apúntalo para que no se te olvide porque vas a ver tantos textos que se te van a antojar y se te olvidará buscar los que de verdad te hacen falta.

-Yo si traje mi lista -comentó Ángela-. De hecho, mis profesores me hicieron varios encargos aunque allá se consigan las reproducciones pero les hace ilusión ver las antigüedades, tantos libros que les sobraron a los Tiraguas, debemos aprovecharlos.

-Y tantos que se soltaron escribiendo cuando vieron venir el holocausto nuclear, todo para nada. Cada uno de ellos tenía una pequeña impresora en su casa para imprimir sus ideas y cable por donde mandarlas, pues ni así lo pudieron detener. Yo necesitaré tiempo para asimilar los datos que arroje este congreso. Verán que habrán algunas precisiones, claro que cualquier explicación del holocausto remite siempre a la 'sin razón' tiragüense como cabal contextualización del desastre. La superstición, los malos hábitos y el poco esfuerzo caracterizaron la cultura. Hace bien Tanés en agrupar todos los elementos constitutivos de la civilización en un sólo concepto, 'devaluados valores ególatras'.

-Ni siquiera les daba vergüenza el hecho de no pensar en los demás y como tú dices, Gabriel, sabían la diferencia porque puericulturistas actuales han determinado que a los niños sí les regañaban diciendo, 'piensa en los demás' o 'no eres el único'. Lo decían pero no lo asimilaban.

-Irresponsables, eran esencialmente irresponsables.

Habían regresado al hotel, entrando al cuarto Gabriel revisó el cuaderno donde había apuntado sus últimas reflexiones. Le entró sueño leyendo y quería descansar para el desayuno. Luz ya dormía y Ángela estaba en un cuarto continuo. Le cerró la puerta calladamente para no despertarla y se le acercó a Luz. La destapó un poco para verla desnuda y entre despierta y dormida se abrazó de él y en segundos estaba totalmente despierta. Cualquier detalle cariñoso de Gabriel la sacudía y su respuesta era automática, ella era de él y él era de ella. Cuando Gabriel recordó el incidente ya era de madrugada. Luz seguía dormida en sus brazos por lo que Gabriel se deslizó de la cama, entró a la cámara de aseo y salió de la habitación sin despertar a sus acompañantes. Hoy no había tiempo para jugar un rato allí, con los senos tan frondosos de Luz, tenía que llegar puntualmente al evento.

Pasó por el maestro a su habitación y juntos fueron al desayunador para preparar su desayuno. Se sentaron para conversar tranquilamente al cabo que aún no empezaban las sesiones. El maestro no tenía que estar en la inauguración y enseguida le aclaró a Gabriel que si no alcanzaban a terminar de hablar podían seguir platicando después del evento. Así, Heir Lafter, un hombre mayor, un poco pasado de peso, que se veía sano, no tardó en empezar a hacer comentarios que puntualizaban las inquietudes propias de Gabriel.

-El cambio en las tradiciones describe el cambio cualitativo de nuestro desarrollo. Nuestra forma nueva es eso, una nueva forma y parte con el pasado marcado por el Alumbramiento.

-Nosotros debemos buscar las causas de esos cambios cualitativos, obviamente.

-Eso es, entendiendo que los cambios cualitativos hacen los cuantitativos y en este caso con más razón. Observa tú mismo que la sociedad tiragüense estaba dividida en dos grandes sectores; había gente que no veía la caja entretenedora para entretenerse y habían los que como los gatos que siempre caen de pie, ellos siempre que se acomodaban quedaban sentados frente a la cajita entretenedora.

-Ya no se podían despegar -añadió Gabriel para que el maestro viera que aprobaba su punto de vista y con ello soltara la lengua comentando abiertamente lo que pensaba.

-Para nosotros es un poco más fácil explicarnos la extinción de la cultura tiragüense porque partimos del revesísmo de Tonson y con ello no sólo lo describimos, lo confirmamos y explica la extinción de la civilización mas no la de la especie. Si de algo se jactaba Tonson era de haberle atinado a un clavo ardiendo. El revesísmo tiragüense reflejaba sobre todo esta división de castas sociales arrojadas por la desigualdad y la injusticia en el trabajo. Entre más peligroso y más difícil era un trabajo más mal pagado era y entre más lujoso y fácil de hacer era un trabajo era mejor pagado. Estaban manipulados por sus propias redes de explotación. Una cultura cuya meta estivaba en pagarle lo menos posible a los que más trabajaran y darle menos alimento a quienes más lo necesitaran, estaba condenada a la muerte. Recuerda que metodológicamente procedían al revés y siempre de mala fe.

-Estoy completamente de acuerdo con usted, maestro.

-Si bien la teoría del revesísmo no lo explica todo ninguna teoría podría hacer eso y al menos Tonson alimenta la discusión permitiendo entender mejor a esta cultura extinta. Varias tesis concomitantes confirman este comportamiento sistemáticamente revesista. Se ha comprobado contundentemente que si algo no hacía daño los Tiraguas simplemente no lo hacían. Más que una manera de pensar era una constante lógica manifiesta en la indecisión tiragüense, haciendo un día lo que les convenía y al día siguiente cambiar de conveniencia. No te quiero aburrir con detalles pero esto lo cubre muy a fondo Haste en su último trabajo La Reducción Al Absurdo, Marco Pragmático de los Tiraguas. En fin, ya lo conocerás pero lo fundamental es mostrar que la erradicación de los Tiraguas obedece a un problema mucho más complejo que la escasez del vital líquido, se debe más bien a la forma en que peleaban por ella. No sólo es extraño que la hayan usado hasta para orinar, es igualmente extraño que así hayan procedido con los demás elementos de la tierra. Significa que el instinto suicida dominaba el hilo de todo acontecer tiragüense.

-Se vivía y ni siquiera se le encontraba sentido a la vida.

-Exactamente, se dejaron de plantear metas, o reformas, y comenzó lo que Kalenski ha llamado 'organizarse sin orden', formándose grandes clanes destructivos, sin valores ni principios, que le podían hacer daño a cualquiera, como si éste no sintiera. Gentes que se vestían iguales y obedecían órdenes, vivían armados, tensos y siempre estaban a la defensiva, tan nerviosos que se auto denigraban entre ellos.

-Supuestamente para defenderse.

-Así es, y es cuando uno debe de preguntar ¿cómo es que tenían que defenderse contra sí mismos? No les bastaban los terremotos y los ciclones ellos mismos causaban terremotos artificiales con grandes explosiones, como tú bien sabes. A lo que me refiero es a que estas manifestaciones más que mostrar un comportamiento muestran una manera de pensar. Esto explica que se hayan extinguido no porque se acabó el vital líquido sino por cómo lo usaban. En fin desde sus orígenes revelan su desgaste. Las Cartas Magnas se refieren a esto precisamente. Dicen las Sagradas Escrituras 'En el pecado está la penitencia' y los Tiraguas sabían lo que esto significaba. Esas confusiones muestran arrepentimiento y el arrepentimiento significa conocer la diferencia o por qué algo es malo. A eso se refiere Kenias al hablar del 'autogol sistemático' que nos ofrece la poesía de Ramé, auto gol que se volvió kohorosión, o karhma metafóricamente corrompida.

-Ahora esas nuevas formas de organización social aparecían y se encontraban con la opción de hacer las cosas bien ¿nunca desencadenaban algún beneficio?

-Las formas nuevas siempre se presentaban como meta formas, inalcanzables organizativamente hablando, porque reflejaban conocer la diferencia pero correspondían a una descomposición producto de una ética cínica que subyace todo la captación tiragüense de la realidad. Toda aparición de creatividad en la ciencia era aniquilada y las partes de cualquier unidad se integraban a ella por algún propósito vano. El Ser tiragüense era ante todo un vanidoso ególatra. De ahí la tesis del Tiragua solitario que no es del todo descabellada.

-Me imagino, porque no veo cómo en esas condiciones se podía tener amigos –dijo Gabriel, incorporándose a la conversación.

-Es verdad que quedan vestigios de lo que se considera un intento por salvarse, o como diría Heidesa destacan 'algunos recuerdos poéticos que revelan el deseo de alcanzar la dignidad' cuestión que debemos de reconocer porque demuestra que existían algunos casos aislados de conciencia social, que es contradictorio en sí, pues bien, por más social que fuera dicha conciencia, siempre era 'individual'. Es interesante ver que la contradicción sirvió de común denominador para definir todo concepto tiragüense. No debemos extrañarnos tampoco de que estos individuos innovadores fueran sistemáticamente castigados porque esos caso pensantes eran siempre aislados y es comprensible el desarrollo del fenómeno hasta culminar en lo que nos describe nuestro gran ideólogo como la 'la instrumentación indiscutible de netas del planeta'.

-Lo que formalmente se llamaba un sistema jurídico.

-Exactamente y debemos subrayar este punto para poder entender el gran abuso detrás de dicho cinismo que como ya se ha demostrado reiteradas veces funge como hilo conductor de la decadencia tiragüense. Este abuso es lo que mantuvo la división entre los hombres por medio de círculos viciosos de explotación, en vez de preocuparse más por los círculos reproductivos.

Ambos soltaron un ademán de varonil aprobación y una risita de niño travieso que nunca crecerá. Gabriel tuvo entonces la maravillosa oportunidad de oír las conclusiones de este gran viejo.

-No deja de ser fascinante ver que pudieran sobrevivir haciendo todo al revés. Lo más sorprendente de la cultura tiragüense de ninguna manera es su extinción. Lo que debemos preguntarnos como académicos es ¿cómo llegaron a sobrevivir tanto tiempo? Claro está que la naturaleza es bondadosa y generosa. Conocieron tal abundancia de recursos la cual desperdiciaron con tanta desfachatez que la volvieron insuficiente. ¿Qué tan bondadosa es la naturaleza que permitió que sobrevivieran nuestros antepasados al holocausto nuclear? Para mí la pregunta clave es esa, ¡quiénes podían estar tranquilos mientras hubieran arsenales nucleares activos! Sólo los que se creían a salvo, o eran tontos o se hacían.

-Todo padre de familia tuvo la culpa por quedarse callado.

-Es que no podían intervenir, los hilos del poder estaban tejidos de manera que los más oprimidos no opinaban sólo los que suponían que sabían hablaban. En general la base de la organización política tiragüense se montaba sobre la opinión. Mera *doxa*, que presentaban seriados opinólogos en la cajita entretenedora donde ofrecían sólo eso, su opinión, sin recolectar ninguna otra experiencia antes de opinar. Hay que recordar que estos opinólogos tenían tal influencia sobre estos espíritus obedientemente estructurados que se sentían en la inmediata capacidad de opinar también.

-Claro que para explicar todo habrá que remitirnos a la tensión económica producto del abuso y de la pobreza.

-Por supuesto la humanidad dejó atrás las divisiones espirituales cuando dejó atrás las clases sociales. Piensa ¿cuánto prosperó la humanidad a partir de la Abolición del Usufructo? Sin lograr la igualdad nunca hubiéramos podido promulgar la Ley de Igualdad. Acuérdate de que las leyes nacen de las costumbres y no al revés.

-Eso dice siempre mi mujer.

-Nada más hay que pensar en cómo se organizaban para comer. Toma en cuenta primero que ganaba la poderosa costumbre de perdonar el paso del tiempo y no hacer nada. Pasar así, largas horas, una tras otra, sin sentido alguno y luego darles a sus hijos unas monedas para comer. Ellos lo transformaban en alimento, elegían sin el menor criterio sus sagrados alimentos. No es de extrañarse que toda la cultura basada en papel se volviera de papel y lo único que anhelaban eran más monedas. Invertían un promedio de cinco horas diarias viendo la caja repetidora pero no podían gastar una hora para preparar sus sagrados alimentos y los de sus hijos. Esa hora era vista como 'hora perdida'.

-¿Bueno por qué hicieron todo al revés?

- Hay que comprender que todo cabe dentro del mismo marco contextual entendiendo que con toda acción por inútil o absurda que parezca los Tiraguas garantizaban el que hubiera unos hombres dueños de todo y otros hombres que entre más trabajaban menos contaban con el agua.

-Por eso piensa usted que lo sorprendente es el hecho de que hayan podido sobrevivir no el que se extinguieran.

-Exactamente, es verdad que quedan vestigios de lo que podemos llamar un intento por salvarse o como destaca Heidesa, repito, al encontrar 'algunos recuerdos poéticos para alcanzar la dignidad'.

-La ética es entonces el eje del asunto, supongo.

-Partamos de allí, como fundamento de todo, de otra manera no se comprenden los casos aislados de conciencia social que eran, como acabamos de mencionar, contradictorios en sí puesto a que por más socializada que fuera esa conciencia, siempre era individual. Lo cual confirma que la contradicción sirvió de común denominador para definir todo concepto tiragüense. Lo único seguro es que el obscurantismo ofrece eso exactamente, obscuridad, no aporta experiencias valiosas sino sólo la profunda lección de no volver a hacer nada como ellos.

Había sin duda, algo desolador en ese comentario. Parecía que se seguía investigando para llegar a la conclusión de que no vale la pena estarlo investigando

-No te apagues para eso es el conocimiento, para que vivan mejor los hijos. El problema de los Tiraguas es que ya no les hacían caso los hijos y de nada servía lo que sabían sus padres.

-Qué extraño mundo realmente, tan sórdidamente bello.

-Piensa simplemente en el hecho de que siendo tan adelantados para su tiempo, no tuvieran un sistema de abasto alimentario libre, sino que se basaban en la competencia para repartir los alimentos. El que más tenía más comía y el que más lo necesitaba sólo lo veía.

Era obvio que el maestro estaba tratado de regalarle sus reflexiones cosa que Gabriel apreciaba con el más profundo interés. Al levantarse de la mesa y dejar sus platos limpios conversaron pero desde luego, hicieron ya comentarios de menor importancia sobre la organización del congreso.

Llegaron a la sala justo a tiempo para que comenzara el discurso del profesor. Mientras muchos ex alumnos lo rodearon en la puerta para saludarlo, Gabriel aprovechó para comunicarse con Luz y decirle que ya iba a hablar el maestro. Tal y como en el fondo de su corazón se esperaba, ellas no estaban. Había un recado diciendo que lograron amanecer a tiempo para el recorrido de las ruinas más cercanas y llegarían al medio día para oírlo hablar. Se le había olvidado decirle a Luz que el maestro Lafter hablaría dentro de la primera sesión. Al volver con el profesor y oír la pregunta que esperaba sintió haber vivido ese momento efímero.

-¿Y las bellísimas mujeres que te acompañan no van a venir?

-No Señor, se fueron a las ruinas, se me olvidó decirle a Luz que hablaría usted temprano.

-Bueno no se pierden gran cosa.

-Lo que usted no se imagina es la regañada que me van a poner.

-Toma, como ahora me ayudan unos alumnos traigo la ponencia como en la antigüedad, por escrito. Se lo puedes regalar a Luz para que te perdone.

-Me salvó la vida, Maestro.

Era de esperar que al presentarse Heir Lafter ante el público hubiera una ovación. Lo esperaban con cariño. Siendo un hombre ejemplar, su opinión pesaba sobre los demás, sin embargo, hubo de inmediato cierto aire de informalidad, de relajamiento. Los cautivó con su gran sentido de humor y la primera risa de las muchachas al fondo del salón despertó al público asistente agudizando su capacidad para escuchar mejor.

-Ustedes conocen al igual que yo las vastas manifestaciones que muestran el sentido ético inscrito en cada acto tiragüense siempre en función del abuso. Resultaba ser un objetivo final que se obtenía fácilmente porque era la meta y el medio a la vez, abusando se lograba abusar más. La mecánica obedece así, no sólo a la ley del menor esfuerzo, sino a una atrofiamiento moral más profundo y por lo mismo más severo de toda la sociedad. Sintetizaban sus conceptos sin examen alguno y los proyectaban por la cajita repetidora para que fueran repetidos. Lo que pensara un opinador era repetido por todos, mera *doxa* se volvía dicho popular dividiendo la sociedad en dos, los que podían correr y los que siempre caían sentados frente a la cajita repetidora repitiendo lemas sin pensar, a los que les agregaban mucha arrogancia. Justificaban al individuo para realizar actos vandálicos, de ahí el famoso dicho 'quien dice que yo no puedo' en el que se manifiesta la altanería tiragüiense pura. En vez de que les ofendiera el dinero decían públicamente que les gustaba, le gustaba a unos, a los que lo tenían, a los que no lo tenían no les gustaba. A nosotros nos parece extraño que alguien acepte un pago y estamos acostumbrados a dar nuestro tiempo aunque no nos lo pidan, pero un tiragüiense sólo le ponía atención a las cosas por una recompensa monetaria inmediata.

Gabriel sólo pensó en lo difícil que iba a ser hablar después del maestro, quedarían pocas novedades que presentar. Estuvo atento para no repetir nada, no debía de quitarles el tiempo a los asistentes en vano.

-Hay que recordar que cuando hablamos de los Tiraguas hablamos de un grupo humano sin gobierno o de un pueblo gobernado por algo muy lejos de lo que para nosotros es un gobierno. El pueblo tiragüiense era regido por un sistema tributario hipotecario despótico no un gobierno. Lo cual se debe claramente al Modo de Producción Tributario Hipotecario Despótico Occidental de Explotación. Veamos las conjeturas de Rolens para quien el contenido ideológico de la lucha contra el horario de verano revela el verdadero caos pedagógico de la civilización nuclear prehistórica, cuya sociedad moralmente desgastada y cuyo 'gobierno' ofrecía lo que se conoce como, 'respuestas de María Antonieta' de los gobernantes, lo que ahora llamamos respuestas 'Espinozas' para el pueblo. Fue el alto costo de la vida lo que exacerbó las condiciones históricas, pues o les ofrecían pastel o les decían; "tengan mis seis mil pesitos de pensión". Cuestión debidamente documentado en actas tiragüenses así como el vulgar conjuro "a mí lo que me gusta es la lana" que revela una interioridad perversamente canalizada sin valores humanos. Esto dio lugar al interés monetario invariablemente, aunque para nosotros parezca imposible que hubiera quienes hacían cualquier cosa por dinero.

-Hay huellas de individuos alertos que intentaron proteger a los demás sin embargo *res non sinit* porque aunque mantuvieran patrones de conducta culturalmente orientados no les era permitido desarrollarlos y eran espiritualmente mutilados. Se pudrían, así como fruta madura en un canasto y el Estado los veía como eso, una pieza infectada y contagiosa. Los últimos intentos se realizaron bajo el lema de *etiamnunc tempus est* pero fue muy tarde porque ya no se pudieron desactivar los arsenales radioactivos.

Aquellas palabras contundentes revelaban el factor intrínseco del que le habló durante el desayuno. El Maestro diría su máxima conclusión.

-El cinismo es el hilo ético conductor del pensamiento tiragüense. No sólo forma las ideas, las engendra y explica esa tendencia a 'burlarse de otro', o mejor dicho 'pasarse de listos', que los hacía consumir a otros para su comodidad personal. Podemos dejar a un lado la situación física en la que se encontraba la tierra en el momento del holocausto y creerla recuperable pero nunca podremos dejar a un lado la vanidad tiragüense escondida en cada paso que tomaban.

Esto le arrebató toda autenticidad al sujeto por querer siempre impresionar a otros. El nudo básico que se forma entre la situación social, biológica y la cultural del individuo creó una condición ontogénica dolorosa. Podían haber resuelto sus problemas del agua a tiempo pero nunca hubieran podido resolver la pérdida de autoestima y de amor propio, ni sus ambiciosos anhelos lujuriosos. Si algo caracteriza la mentalidad tiragüense es su crianza sin amor. Todo este círculo encierra un patrón de conducta con miedos elementales tales como pavor al cambio y pavor a la pérdida de garantías básicas. La gente vivía chantajeada por la pobreza, amenazada y manipulada por el hambre.

El Profesor hizo una pausa para tomar agua. Tomó una franela de su bolsillo y limpió sus lentes. Algo en el tono de su voz relajó la rigidez de la reunión. De alguna manera los rigurosos académicos se sintieron tranquilos de por sí no creían en la disciplina sino en el libre ejercicio de la autorregulación humana. Guardaban silencio por respeto y para poder oír mejor al maestro.

-Los Tiraguas carecían de sensibilización, de democracia y de reflexión por eso su arte no los llevaba a una catarsis, los llevaba al hartazgo. Es posible que trataran de captar la realidad por medios inaccesibles usando la estadística acercándose al fenómeno sin entender la unidad entre el fin de algo y su forma. No veían la articulación contextual del individuo ni las tensiones que a su alrededor se forman. Nosotros sólo podemos observar que se interrelacionan las partes de manera que se concatenan con un hilo ético conductor nefasto. Toda obra tiragüense hace patente una construcción con el abuso amarrando sus cimientos. Esta premisa destruye toda posibilidad de alcanzar una meta sana peor aún una verdad humanista absoluta.

-Lo correcto tiene que estar en equilibrio, todo lo que lo sostiene tiene que ser un argumento en su favor, debe de apoyarlo no contradecirlo. Los Tiraguas no tenían argumento alguno a favor de los arsenales nucleares, en cambio sí sabían hacer tan complicados artefactos explosivos. Todo hace pensar que se deleitaban con explosiones, estrellaban móviles terrestres para entretenerse. En el Museo Nacional de Video Tiragüense ustedes podrán ver las filmaciones de esto y verán que no les miento. El Dr. Hamlen tiene clasificados más de 80, 0000,000000, colisiones. Como usted verá tantos billones implica haber realizado más de una colisión intencional por día. Esto quiere decir que a cualquier hora del día alguien estaba organizando una colisión de esta naturaleza. Lo que debemos ver es que los Tiraguas tenían particular empeño en procurar filmarlo. Era una obsesión por lo visto como una de sus muchas formas de adicción a la violencia. Vean ustedes mismos la cantidad de filmaciones que hay, ninguno de ustedes acabará nunca de verlas. Ha tomado por lo menos cuatro generaciones clasificarlas. Pero ustedes mismos véanlas para que no les cuenten porque, simulacros o no los Tiraguas nunca dejaban de hacerse daño.

-En el fondo lo que se observa es que el mundo tiragüense perdió contacto con el sentido último de la vida, la de ser personas felices. Nosotros sabemos que la verdad no llega si no se busca sabiendo además que cuando alguien busca la verdad tampoco debe creer que la vaya a acabar de encontrar. Para nosotros que aceptamos nuestra derrota de antemano y buscamos la verdad humildemente, conociendo nuestras limitaciones, el criterio tiragüense no puede parecernos otra cosa más que insólita por su arrogancia cínica, ellos de todas maneras tergiversaban la verdad en maldad. Lo único que les dejó su pirámide de explotación fue una capa de gases que los volvía ciegos y no les dejaba ver que estaban envenenándose solos. Muchas gracias por su valioso tiempo señores, espero no haberlos entretenido en vano.

Obviamente que hasta su despedida fue cálida. Gabriel se llenó de orgullo y realmente no se lo merecía. Tal vez fue el hecho de tener la sensación de saber que el maestro acababa de confiarle a él toda esta sabiduría hacía unos instantes. Gabriel se sintió privilegiado, asimiló todo el discurso además, como para él era una repetición de lo dicho en el cordial desayuno le fue fácil recordar cada comentario. Al bajar del estrado el maestro le pidió a Gabriel su opinión. Gabriel se sorprendió tanto que se le fueron las palabras.

-Cuánto honor me hace con sólo pedirme mi opinión Profesor, obviamente que no le disputo a usted nada pero me queda un vacío que no puedo explicar por nuestro oficio. Es como si la ciencia no fuera contundente sino que se mantiene en el terreno de la vil especulación.

-De que especulamos, especulamos y nadie mejor que Tonson es prueba de ello. Toda su teoría del revesísmo es un invento pero un invento verás. Nosotros no podríamos entender el fracaso tiragüense si no tomamos a Tonson como marco conceptual inicial. Si la ciencia es mera especulación más lo es todo lo que podamos decir del más allá, ni alegar, si desde el punto de vista científico tratar lo terrenal es especulativo qué será hablar de un asunto sin hechos que lo sustenten. Por eso nosotros sólo podemos interpretar lo que sucede en la tierra, no podemos decir nada acerca del más allá, nadie sabe lo que es la muerte.

-Tal vez lo mejor será tomarnos un jugo o algo antes de la segunda sesión porque yo no tengo su fluidez y si me faltan calorías temo no tener la más mínima cosa que decir.

-Tienes razón para qué estar debatiendo sobre el pasado cuando tenemos asuntos pendientes en el presente. ¿Bueno y tu mujer, realmente me ha ofendido su ausencia?

-No lo tome así Maestro, porque por lo que veo, yo estoy a punto de ser igualmente ofendido. Si en diez minutos no llega voy a tener que dar mi ponencia en calidad de soltero y eso es muy peligroso.

-Ella se lo buscó -comentó riéndose el Maestro que sabía bien lo que es amar a una mujer tanto.

Lo que parecía una broma ya no lo fue. Ni Luz ni Ángela llegaron a tiempo para oír hablar a Gabriel. Entró al centro de información para preguntar por ellas, efectivamente el grupo de la excursión a los sitios arqueológicos no había regresado aún.

-¿Pudo haberles pasado algo, señorita?

-No, no creo, lo que pasa es que es poco el tiempo para todo lo que hay para ver. Es corta la jornada pero son algo inaccesibles las ruinas. Si algo les interesó mucho es posible que hayan tomado alguna extensión corta aprovechado el viaje porque no es fácil el acceso.

-Entiendo, ¿cree que lleguen para la noche?

-Seguramente el sitio es inhóspito, como usted comprenderá.

-Sí, claro -Gabriel sintió un poco de vergüenza. Él más que nadie debía de saber que un sitio tiragüense era inhóspito. Con razón se rió la señorita, quién podía suponer que se pudiera pasar una noche donde vivía un Tiraguas.

-Hablarás sin ellas por lo que veo. Yo me voy a ir acomodando porque como tú sabes a mi avanzada edad me cuesta más trabajo desplazarme.

Gabriel se puso nervioso siempre le había costado trabajo hablar ante el público y hoy con más razón. Ya era hora de empezar y más le dolía la ausencia de Ángela que nunca lo había visto hablar en un foro tan importante. Luz por lo menos se sabía su ponencia de memoria. En fin, les platicaría hasta el último detalle del evento. Para iniciar cualquier cosa siempre hay que realizar un esfuerzo adicional. Gabriel se preparó y comenzó a hablar.

-He dividido a nuestro objeto de estudio en etapas considerando el nivel de ingenuidad tiragüense con el propósito de medir qué tan primitivos eran. He trazado así tres etapas: primero la era Pre copernicana o Ptolemaica como ellos mismos la llamaban, la Copernicana plena, o intermedia que data desde luego hasta la aparición de la Etapa PosShölembergiana. He dividido así la historia tiragüense de acuerdo a su propia capacidad y coherencia interna o en otras palabras de acuerdo con el criterio científico que los regía. El marco teórico al que haré referencia es por tanto uno de carácter ideológico. Lo reflejado en términos físicos habla por sí mismo y las pruebas están a la vista de cualquier observador. ¿Qué sentido podría tener para mí hacer una tabla comparativa de los daños hechos entre un grupo tiragüense y otro? Sólo a un Tiraguas se le ocurriría perder el tiempo estudiando qué secta tiragüense le hizo más daño a otra. Mi preocupación fundamental de ninguna manera concierne la pérdida de lo material sino el deterioro espiritual que se observa a pesar de aún contar con todos los elementos de la tierra.

-Son ilustrativas -siguió argumentando-, las narraciones de Nastai quien a través de su cuento corto muestra una civilización revuelta como una ensalada de personas preocupadas por el mundo junto a personas que no lo estaban. Personas informadas sobre la vida y la naturaleza conviviendo con aquellos dominados e hipnotizados por la caja repetidora. Unos científicamente preparados vivían junto a otros que sostenían una relación mítico mágica con el mundo porque nunca cuestionaban lo que repitiera la caja repetidora. Permanentemente sentados frente a este aparato absorbían como esponjas lemas capciosos que los inducía al consumo de productos nocivos para la salud. Adictos obedecían la ley del menor esfuerzo y volvían a necesitar comprar algo produciendo así una frustración en cadena que resolvían volviendo a quedar frente al llamado televisor. Nos sorprenden entonces estos destellos de conciencia, de conocimiento, de valores que aparecen sorpresivamente de quienes hablan de la caja repetidora como algo *de verbis indignantis.* En lo que más se vieron afectados fue en su proceder científico pues quedaron infiltrados en su metodología de tabúes y creencias paganas. Lo que caracteriza la era PosShölembergiana al derrumbarse la ciencia es una crisis de valores. Valores espirituales tan deteriorados que no sólo llevaron a la destrucción de lo físico material sino que sostenidos por tal confusión y contradicción nos sirven de común denominador para describir todo acto tiragüense en general. Sólo entenderemos a los Tiraguas si los observamos con la clara y buena intención de comprender algo absurdo. Sólo así entenderemos que ellos *conquistaron* su autodestrucción, lo obtuvieron con un gran esfuerzo y con orden. Nadie como Vosh expresa este punto con tanta precisión en aquellas famosas frases de su primera parte del Elogio al Desorden Tiragüense:

> *"Todos prendían la misma caja entretenedora pero ésta iluminaba diferentes alcobas."* [3]

-De nuevo nos topamos con la contradicción, el fin de los Tiraguas. Fue como un suicidio colectivo porque no contaban con su sociedad. Habían creado un mundo que no le dejaba nada de provecho a nadie, una sociedad ingrata que descuidaban y los descuidaba. Lo que los iluminaba eran algunos escasos aislados individuos que muchas veces acababan

[3] Vosh, Elogio al Desorden Tiragüense, Vol. 1, cap. 11, PcP.

apareciendo. Se tiene que entender que en la pretocracia no existía el concepto de remordimiento social, se creía individual. Pero todo apunta hacia un cinismo colectivo que Gacés ha clasificado ya como síndrome suicida del valor comunitario. Esto es lo que Roser ha descrito en términos metafóricos como desvergüenza social.

-No fue fácil alcanzar este nivel devastador de inconsciencia. Permanentes brotes de personas pensantes aparecían vulnerando el sistema causando a veces cambios engañadores o mejor dicho, intentos de hacer el bien. No bastaba que alguien tuviera buena voluntad, en el mundo tiragüense el individuo consciente navegaba contra la corriente de los más afluentes y caudalosos ríos. Esto lo lograban sometiendo rigurosamente a la niñez a un proceso de memorización cuyo daño era irreversible. Les exigían a los jóvenes tratar de recordar todo sin razón y luego los sometían a una serie de concursos angustiantes para ver quien recordaba más datos. Entre más datos inútiles repetían, más alta era la calificación que obtenían. Este proceso, denominado de examinación era lo único que respetaban y lo confundían con adquirir conocimiento. Sin lugar a dudas los Tiraguas confundían recordar con pensar porque lo confundían con saber algo.

-Lo relevante es que hayan podido representar el mundo de manera tan distorsionada teniendo un sistema de signos organizado. Esto quiere decir que los signos que manipulaban les significaban 'algo' ya que como sistema lingüístico satisfacía la posibilidad de captar el mundo. Aún no nos hemos podido explicar cómo el lenguaje dejó de ser la herramienta que los interrelacionaba y se volvió su principal impedimento para entenderse.

-También es importante -añadió Gabriel en su papel de ilustre profesor–, que el deterioro tiragüense coincide con el deterioro del lenguaje. Así en vez de decir inicio, los tiraguas empezaron a decir 'iniciamiento' lo cual además de ser incorrecto muestra la triste confusión de no tratar de emprender nada sin un fin predeterminado. Todo tenía que tener un propósito preestablecido y utilitario. De la misma manera una posición pasó a ser un posicionamiento y no se sabe con certeza cuándo fue que los implentos invadieron el idioma y comenzaron a ser implementados. No se tiene certeza pero lo seguro es que una implementación quedó implementada para siempre-, y se escucharon las risas burlonas de los asistentes.

-Tampoco se sabe cuándo lo apócrifo, que en algún momento significó algo creíble aunque no comprobable, se volvió hipócrifo, ni cuándo lo hipócrita se volvió apócrita-, agregó sabiamente el maestro que no se perdía un solo detalle de la plática.

-En resumen al crear las divisiones históricas como lo he hecho hago patente los destellos de unos pocos por tener una mentalidad científica a pesar del mundo que los rodeaba. Para ellos el análisis del lenguaje ordinario adquirió renovada relevancia cuando alcanzaron a comprender la correspondencia entre la evolución del símbolo y su civilización. Muestran entender que todo humano nace con esta carga cultural que no podemos cuestionar sino que nos es impuesta al nacer y que en resumen es la sociedad donde nacemos. Aún hoy asimilamos nuestra lengua materna y su imperante dominio, sin saber cómo nos abarca e incluye. Lo tormentoso se debe a que tenemos que confiar en los adultos sin poder cuestionar lo que ellos aprendieron. Los jóvenes tiragüenses no podían confiar en sus padres, ni los padres confiaban en los hijos por lo que la imposición resultaba ser así una imposición desconcertante y la obediencia se convertía en disciplina siendo que el individuo reaccionaba de cierta manera por miedo a sus padres no porque alcanzara a comprender que hacían mal o corrieran algún peligro. El sistema de entrenamiento al que sometían a sus criaturas era de tal modo que llamarlo cruel es halagarlo. Estos claustros sirvieron más bien como foco de infección social donde se reproducía el daño de generación en generación lo cual repercutió contra toda la humanidad a largo plazo. Sin embargo, se le tiene que asignar algún crédito a dichos centros donde entrenaban a los jóvenes para reconocer una serie de logos significativos que les ayudaban para tratar de entender el mundo. El sistema consistía en mostrarles el signo hasta que los jóvenes pudieran reconocerlo identificándolo todos con el mismo significado. Llegaron a manejar los logos ancestrales con tal agilidad que les parecieron 'cosas simples' o tan comunes que les negaron su importancia y por no atender este hecho tan delicado sólo obtuvieron confusiones en vez de comunicaciones. No se preguntaban qué relación guardan los símbolos y las palabras. No veían el papel de la ética delineando toda determinación humana. Comprender el mundo es un proceso ilimitado que involucra distintas fases ya que se descubre con múltiples instantes del acto de pensar. Detrás de cualquier intento de aprender está la necesidad de captar el universo en paquetes pequeños de información o unidades comprensibles. Los Tiraguas eran golosos hasta en su intento de comprender el mundo y llegaban a conclusiones saltándose las explicaciones. No aceptaban entender las cosas poco a poco, querían todo descifrado ya preparado para no tener que divagar. Al no entender que todo concepto es una tipificación de algo, o una unidad ideal de algo, tergiversaban la metodología dándoles a los términos un fin y un sentido que no tenían por qué tener. Los reíficaban y se 'hablaba' por eso de 'la libertad', no se ejercía, perdiéndose de esa manera la unidad entre la hipótesis y su propósito agotándose por lo mismo todo su sentido práctico. En pocas palabras toda propuesta perdía su sentido crítico. Los Tiraguas pasaron del sistema de alimentación rápida a asumir el sistema de pensamientos rápidos que ofrecía la cajita repetidora sin tener que cuestionarlos.

-Lo grave, por supuesto, fueron las consecuencias prácticas del estilo absurdo de proceder tiragüense quedando plasmadas en decisiones cruciales tales como la respuesta que dieron al problema atmosférico de los hoyos del ozono. Una vez que los tuvieron detectados se dedicaron a distribuir productos que los causaban. Sólo permitían que los más eruditos los cuales pertenecían a clanes muy reducidos, tuvieran conocimiento de las perforaciones en la atmósfera, mientras que la distribución de aquellos productos que abrían llagas en el planeta se repartía a través de la caja repetidora que efectivamente todos repetían.

-Debo confesar que me encuentro en completo acuerdo con Polinetti, quien asume el revesísmo de Tonson incorporando al individuo como invaluable variable para convertirlo en una constante social de un instinto suicida colectivo. Prueba de ello es que conociendo las aéreas circundantes del planeta le hicieron hoyos, y que a pesar de que todos debían de saber sobre esto no se les informaba sobre ello sino sobre aquello que garantizaba la extinción de la raza humana, o sea, los productos que abrían los hoyos en la atmósfera. Por una parte hay constancia de que conocían las diferentes capas de los gases. Todas sus naves aéreas muestran que sí conocían las alteraciones en la presión en una cabina. Sabían que no podían vivir sin esa capa de aire, sin embargo, nunca se juntaron para tapar los hoyos. Tenían el aire sucio y descuidado y según ellos, aparecían enfermedades de la nada. Hay que recordar que una mente primitiva no se imagina el mundo visto por un microscopio y hay que recordar que aunque los Tiraguas tuvieran inventos tan adelantados para su nivel evolutivo emocional como un microscopio, tampoco todos veían algún día a través de su lente amplificador. Éstos formaban una casta menos rebelde que lograba superar las humillaciones de los centros de adiestramiento infantil porque pertenecían a la casta superior que reconocía el sistema simbólico codificado, sólo ellos sabían qué tan sucio estaba el aire. De hecho unos pocos medían diariamente la suciedad mientras que la mayoría repartía productos nocivos para el planeta que afectaban la atmósfera directa e indirectamente.

-Hoy nos parece indignante que alguien pudiera enfermarse de algo desconocido en el aire. Más indignante les parecerá a ustedes aún el que un ser humano no llegara a los cien años, la edad más productiva de una persona. Su verdadero apogeo comienza aquí, es la edad en que nosotros vertimos nuestra sabiduría para que la aprovechen los jóvenes. Empezamos para cuando todo tiragüense había perdido la esperanza de vivir. Con vidas tan cortas tenían poca experiencia que ofrecerles a sus hijos. Esto nos recuerda aquella maravillosa definición que nos ofrece Tonson al decir que:

> *"El hecho de hacer lo contrario de lo conveniente no fue la causa de su extinción sino el hecho de que siempre llegaran al extremo. Por ejemplo si una persona era antisocial lo aislaban más, a los que más necesitaban menos les daban, a él que todo tenía, todo se lo facilitaban no es de extrañarse que se autoanhiquilaran si sólo tenían ejemplos de fracasos."* [4]

-Esta cita describe la lógica detrás del proceder tiragüense y Tonson, recordemos, nos hace ver la motivación detrás.

---

[4] Tonson, Historia Monumental de Los Tiraguas, Capítulo 1, Creación Simbólica del Tiragua Precario, C.F.E., p. 200#

> *"La vulnerabilidad de la especie no puede ser vista de manera superficial. La teoría de los cables cruzados es insuficiente pues muestra una fase de decadencia nada más. El cruce en sí fue un accidente pero las condiciones estaban sembradas como en un campo de cultivo cual si fuera indispensable minar todo el planeta para que estallara. Es en esto en lo que radica el revesísmo tiragüense, en los hábitos y en la perseverancia. Insistieron en acabar consigo mismos, cosa que ninguna otra especie del planeta ha tratado de hacer y por ello debemos darles el crédito de originales, una originalidad generada por la confusión y la contradicción ideológica que los desorientaba"* [5]

-Todo esto nos debe recordar aquellos espléndidos pasajes de Alber que más que científicos describieron la mentalidad tiragüense desde adentro de sus entrañas. Claramente resume todo al decir;

> *"No caben narraciones científicas para describir una civilización acientífica. Los Tiraguas simplemente no recolectaban la experiencia, no reflexionaban sobre el ensayo y su margen de error."* [6]

-¿Qué motivaba entonces a esa gente tan apática? ¿Si no les importaba nada por qué se levantaban de la cama? Sé que son escandalosas las conclusiones de Demisse pero acaso no tiene razón al concluir en el hecho de que los Tiraguas se levantaban todos los días para abusar de otro. En otras épocas nadie

---

[5] Ibíd., p. xxvv

[6] Alber, Luisache, Pensamiento Tiragüense, una lógica atónita, pp. vv.

hubiera notado esto, lo hubieran creído una virtud tiragüense, sin embargo la Maestra María del Remedio Refugio de Santos Anchos emérita miembra de la Academia de Investigaciones Antropológicas no sólo lo afirma, lo confirma en su obra principal Una Mística En Vez De Pensamiento, texto clásico y obligatorio para todos nosotros los argonautas de la verdad.

-En fin, causa o efecto, debe haber sido abrumador algún día plantearse 'el deber ser' en el mundo tiragüense. Tener ideales en semejantes circunstancias se prestaba a que la sociedad mantuviera callados a quienes veían los problemas de la tierra. Como éstos no hablaban por las cajas repetidoras nadie les hacía caso y ya. Para suplir este anhelo humano de encontrar ideales la cajita repetidora ofrecía fantasías y éstas suplían los valores como las guarderías a las abuelitas. Los Tiraguas no se extinguieron porque no se daban cuenta de que estaban acabando con el planeta sino porque se enredaron en una red de mentiras que extinguió la participación de todo ciudadano común y corriente dejando el sistema decisivo de nuevo en manos de las cajitas repetidoras, las cuales ya no sabían decir nada nuevo puesto a que su función era la de repetir solamente. Perdóneme pero *loquor id, quod sentio*, y nadie negará que la desintegración tiragüense se haya debido a su desinformación. Nos consta que además de tener minado el planeta las riñas entre ellos eran cotidianas y brutales. El planeta no conoció un día de paz en su totalidad. El hecho es que se auto extinguieron por una fuerte descomposición social. Llegó el momento en que vivir era para morir y no es de extrañarse que viendo tantas atrocidades prefirieran acabar con el planeta.

Agradeciendo inmediatamente la atención de todos los concurrentes, Gabriel se bajó del estrado con la sensación de haberse quitado un peso grande de encima. Al retirarse del pódium para integrarse al público se dio cuenta de que Luz y Ángela no estaban ahí. El hecho no le preocupó sino que lo tomó por sorpresa sólo porque nunca había pasado, Ángela pudo no haber estado dentro del auditorio por su escuela, pero Luz nunca había faltado.

Poco se imaginaba Gabriel dónde estaban, todo lo que habían visto hasta ahora y lo fascinante que era pisar las ruinas auténticas que escondían tantos misterios y a la vez revelaban tantos secretos. Salieron juntas a una ruta corta aunque nunca se imaginaron tan accidentado el camino hacia el antiguo valle de Chalco, las ruinas más relevantes del cosmos. Un paraíso destruido en menos de 100 años, se secaron sus lagos tanto el dulce como el salado, los patos volaron y hasta los moscos abandonaron el lugar. El día del holocausto el plástico se derritió y el denominado 'efecto de Pompeya' permite ver los ritos y costumbres tiragüense porque el plástico al derretirse los envolvió tal y como se encontraban en ese momento. Envueltos en polietileno ahora se podía observar a las figuras en sus oficios y actividades en un día común y corriente mostrando el gran esfuerzo que hacían para sobrevivir sobre el salitre. Las burbujas transparentaban a los Tiraguas en sus desplazamientos cotidianos colgados o amontonados en trocas de fricción y regañándose por llegar tarde.

-Qué curioso mundo tan lleno de absurdos. He sabido que hay ruinas de unos juegos donde se movían a alta velocidad, son juegos mecánicos. Por lo visto adoraban el movimiento -observó Ángela.

-Verás que esa intuición del movimiento -comentó el guía-, imperaba de tal forma que trascendía en el ámbito político, económico y social. Aterrizaba en términos prácticos en cosas como huelgas de los conductores de las trocas de fricción. En fin, todo ello refleja lo que siempre subraya Floss acerca del mundo tiragüense, por la necesidad de suplir el orgasmo. La necesidad de obtener estímulos o de generar adrenalina los llevaba a realizar actos hasta macabros. Ya encontrarán ustedes mismas varias construcciones sórdidas que comprueban lo que estoy afirmando. Consideren todos estos detalles síntomas de la neurosis autodestructiva de este grupo humano.

Luz temió que el comentario amargara el día pero no, Ángela estaba demasiado impresionada con los horrores que veía.

-No acabo de dar gracias a Dios Padre y Madre por haber nacido hoy en día y no durante el bárbaro obscurantismo con el placer prohibido, en constante movimiento y todo tan sin sentido.

-Debemos de estar agradecidas con ellos.

-Justamente estamos en un recinto de veneración mística tiragüense. El retablo es de oro y recuerden que los Tiraguas no usaban su altar para la reproducción sino para esconder a Dios detrás de él, por eso era de oro puro. Lo usaban como escudo, de manera que no le hicieran daño en tiempos de guerra, como siempre estaban peleando, uno supondría que siempre lo estarían protegiendo, pero no, sólo los domingos lo veneraban. Vean ustedes la contradicción nuevamente, si Dios estaba en todas partes ¿por qué sólo debían respetarlo en su casa? Por eso no respetaban el mundo, porque sólo allí tenían que hacerlo y al salir de estos edificios se les olvidaba que tuvieran ese compromiso y por ello no pudieron convivir con todos los elementos del planeta. Nosotros convivimos hasta con los reptiles, ellos como reptiles.

-¿Y esa casa tan grande?

-Allí vivían los sacerdotes.

-¿Pero para qué querían una casa tan grande?

-Para esconder atrás a las mujeres porque nunca tenían licencia para casarse.

-¡No se casaban los curas! ¿Entonces cómo aconsejaban a los jóvenes?

-Supongo que como hacían todo los Tiraguas.

-¿Y ahora, a dónde llegamos?

-A un ruedo de juego de pelota.

-¿Jugaban la pelota? Entonces eran civilizados para algo.

-Bueno era en lo único que se ponían de acuerdo y eso mientras duraba el partido, porque había un árbitro antes del partido y después de él peleaba hasta por el partido. Hay que recordar que ellos no veían el juego como algo importante que hacer sino de ganar, pues como todo en el mundo tiragüense era *modus vivendi,* hasta el sacerdocio era visto como un negocio.

-¿Cómo va a ser? No lo puedo creer.

-Ay hija, ¿cuántos horrores te faltan por ver? Me parece que este viaje va a ser muy ilustrativo.

-Por aquí entraba la mayoría de la gente al estadio.

-¿Pero cómo es que jugaban en esos escalones botaban la pelota de arriba a abajo o qué hacían?

-Parece ser que no todos jugaban, sólo unos pocos. La mayoría nada más los veían y dependiendo de la ejecución de esos pocos, salían a hacer ruido a las calles después.

-¿O sea que hacían estas grandes construcciones sólo para salir a las calles?

-Exactamente.

-¿Y para qué?

-Claramente explica el Dr. Cleman que esta práctica era absolutamente innecesaria e irrelevante, ya que los Tiraguas podían salir a hacer ese barullo en cualquier ocasión, pero debido a que era el rito que marcaba la incorporación del 'individuo al mundo' y era para ellos lo mismo que participar democráticamente en la sociedad, era una práctica personal/ multitudinaria que como su nombre revela era contradictoria en sí, como todo lo que hacían los Tiraguas. Implícito en esta tradición se observa el 'estire y afloje' de egoísmo del tiragüense al necesitar de otros. Se observa que en esta etapa de la humanidad no se había superado la fase de conciencia individual como miembro de un colectivo que es la manera más infantil de ver el mundo. La siguiente etapa en el desarrollo de las ideas no aparece hasta mil años después del holocausto, hasta entonces no hay una verdadera conciencia colectiva.

-Para mí lo que revela es la constante frustración de la que hablabas cuando entramos aquí. ¿Pero entonces qué hacía la gente que tuviera muchas ganas de jugar?

-Se tenían que ir a sus casas y jugar fuera de toda liga. Era imposible participar porque tenían que ser pagados y sólo unos pocos eran seleccionados para ser pagados los cuales tenían permiso de jugar.

-Pero entonces por qué no les pagaban a todos los que querían jugar y así darles permiso.

-Muchos de ellos querían eso que les pagaran por jugar todo el día pero el sistema tiragüense no funcionaba así en lo absoluto. Como era algo que traía placer estaba reservado para unos cuantos aunque lo pudieran gozar muchos pero repito, no les preocupaba jugar tanto como juntar dinero en la entrada. No se ha podido determinar el motivo real por el cual los Tiraguas cambiaban todo por monedas, sólo se sabe que las monedas las trataban de convertir en orgasmo.

Ese era el comentario que Luz de alguna manera estaba esperando para ver cómo reaccionaba Ángela. Ella ya sabía algo al respecto pero era posible que la niña nunca hubiera oído hablar de este fenómeno. Allí estaba el monumento que lo comprobaba frente a ellas escondido detrás del estadio, el monumento a lo insólito.

-Hay alguna explicación detrás de esta práctica.

-Parece ser que los Tiraguas se invitaban e incitaban al amor pero luego no se daban ese amor entonces el macho ya no se podía contener y acudía a un centro de eyaculación como éste donde le cobraban.

Luz se erizó y se hizo para un lado para poder ver la expresión de Ángela. Se imaginó lo que pensaba la niña puesto a que vio como la recorría el escalofrío. Con la piel de gallina asimiló la mayor de las enseñanzas legadas por la barbarie tiragüenses.

-¿Las mujeres querían eso?

-No de ninguna manera, hay que entender que la pirámide social era eso una pirámide con la base más ancha que la cresta y que esa base estaba compuesta de mentes encasilladas, peones, obreros y mujeres abandonadas o descuidadas que no podían ni protestar y carecían de libertad debido al hambre que sufrían.

-¿Qué les pasaba?

-Bueno la mayoría moría muy joven cuando perdían sus atractivos físicos eran sometidos a trabajos forzosos y nadie estaba en la obligación de ayudarles. Si no trabajaban haciendo el trabajo que los demás no quería hacer, no sobrevivían. Por lo general ya estaban enfermas como de jovencitas las habían lastimado tanto sobre todo haciéndolas beber líquidos para vomitar.

-¿Pero para qué?

-Porque con esos vomitivos se acaba perdiendo la conciencia y así no podían protestar si las lastimaban. Como eran pagadas, los hombres acostumbraban lastimarlas para después burlarse de ellas. Estas mujeres sistemáticamente violadas rellenaban la capa más baja y más explotada de la sociedad o mejor dicho sobre los hombros de ellas estaba construida la monumental grandeza tiragüense.

Ángela asimiló el golpe con madurez, después de todo esas cosa ya no existían. No podía creer que hubiera un mundo tan cruel, de gente tan arrogante y egoísta. Parecía todo un simulacro de terror de la cajita repetidora de la que ya le había contado su papá.

-Algunos arqueólogos han considerado estos sitios como el origen prehistórico de lo que después del holocausto han sido las eroticarias. De la misma manera que nosotros, ellos tenían que curar su soledad sólo que la humanidad todavía estaba dividida en hombres y mujeres aún no eran todos seres humanos. Hay que entender además que una gran cantidad de estas personas vivía en las banquetas, las calles parecían criaderos de desdichados, hasta criaturas pequeñas acababan allí.

-Mamá, no tengo palabras para decirte lo que siento de ver tanta barbarie. No puedo creer que hayan tenido tantos adelantos y siguieran siendo tan primitivos del alma.

-Es cierto porque una gran cantidad de adelantos y comodidades como las que nosotros tenemos ya las conocían ellos, pero imagínate lo primitivos que eran que sólo creían en un Dios en vez de dos. ¿Cómo iba a formar el mundo un hombre sólo sin mujer, como hermafrodita? Además siendo tan vasta la creación cómo iba a poder sólo. Por eso profanaron los mares y el cielo, porque no pensaban que herían a Dios Padre y Madre destruyendo su creación agrediendo la naturaleza. Creían en un Dios al que sólo alcanzaban al morir y nunca vieron que Dios Padre y Madre están en todas partes. Eso les permitió a veces actuar como si Dios estuviera presente y otras veces como si no lo estuviera, dejando de tratar la tierra como creación de lo Divino entre semana y dedicando sólo un día para venerar la creación, el domingo.

-Voy a volver a leer a Tiró cuando lleguemos a casa, ¿te acuerdas de los versos tan lindos que hablan de esto?

-Ah Tiró, qué maravilloso trabajo le dejó a la humanidad. Es excelente y sus conclusiones son realmente incisivas, a partir de él no se puede confiar en ningún historiador de lo tiragüense plenamente. Los puso en jaque, aunque el mundo de los Tiraguas es a tal grado desconcertante que tiene que ser analizado con una base escéptica. Nada sostiene de manera indudable ninguna conclusión sobre este grupo humano que siempre apelaba a lo absurdo cuando buscaba una razón.

-Nunca me esperé ver algo así. Para mí ya no quedaban ni restos de la crueldad obscurantista. Supongo que mucho tiene que ver el que tú y Papá no tengan secuelas porque sí se han detectado gentes con lesiones emotivas todavía.

-Pero son mínimas, o por lo menos en la universidad no se ha presentado un joven 'estresado' desde que yo trabajo allí y hace más de cuarenta y cinco años de eso.

-¿Pero nada reglamentaba el maltrato, no habían leyes?

-Acuérdate que en el mundo tiragüense unos tenían unas costumbres hechas leyes y otros las desobedecían. Las leyes tampoco correspondían a sus necesidades y la prueba es que había niños abandonados, ni siquiera estaba prohibido abandonar una criatura porque de todas maneras lo hacían.

Luz sintió la misma indignación que Ángela cuando se enteró de que aquellas mujeres no eran veneradas. Golpeadas, ofendidas y luego abandonadas no podían protestar mientras que si alguien maltrataba a un rico no importaba si era hombre o mujer, se perseguía por oficio. Pero cuando se trataba de los tiraguas de banqueta les parecía normal que les faltara todo hasta la libertad. Sistemáticamente detenidos por las autoridades que les quitaban las monedas que tuvieran encima eran vueltos a lanzar a las banquetas. Éste es otro ejemplo que ostenta y puntualiza el ya subrayado principio de Tonson, porque el día del Grito Libertario, las voces de ellas sonaron más fuertemente que las de los demás.

-¿Aquí qué es?

-Es donde filmaban los simulacros de actos delictivos. Ejemplificaban delito tras delito.

-¿Y para qué?

-Para deleitar a los machos que tenían el dinero, toda la programación buscaba eso mediatizar el fracaso fálico de los hombres que no tenían contacto con mujeres de verdad.

-¿Nunca se pensaba en los niños, ni los ancianos, ni las mujeres?

-Sólo si significaban ser mercado de hecho había más programación para homosexuales que para mujeres porque ellos también tenían mucho dinero. Era un mercado amplio y cada día se amplió más. Llegaban al grado de dejar a las mujeres bellas solas, nadie las consentía para poder practicar el ambulantaje sexual.

-¿Pero entonces cómo se reproducían?

-Es un misterio, siempre estaban peleados, siempre en conflicto y luego eran tan rebeldes que no sé cómo se entendían dos horas para copular y creo que es la mayor cantidad de tiempo que las parejas tiragüenses alcanzaban a pasar juntos; al menos que se encontraran hipnotizados por la cajita repetidora que les hacía perder el tiempo sin cuestionarlo.

-¿Qué dice la cartelera, qué están pasando?

-Es la representación de La Traición de Origel quien le causó a Paty Chapoy lo que Pitaluga a Vicente Guerrero. Si quieren verlo deben poder hacerlo desde su hotel.

-¿Y ahora dónde estamos?

-En el monumento a Palafox -continuó el guía-, aquí es donde nace el dicho antiguo que nosotros usamos al comparar a alguien con 'un bidón de Palafox' cuando se pasa de buena gente. Se hizo este monumento con el propósito de que todos aquellos demasiado ingenuos vieran que la buena voluntad no basta. Para ser una persona virtuosa hay que ser una persona instruida, preparada. El síndrome de Palafox se debió a varios malos hábitos que ya hemos erradicado de nuestras costumbres. Pertenece a un criterio preSchölembergiano o al síndrome de la crítica anulada. El individuo era considerado una gran esponja que debía de repetir lo dicho por medio de la cajita repetidora pero su falta de capacidad ya lo hacía repetirlo mal y perdía así todo sentido de crítica dejando de distinguir entre lo bueno y lo malo, lo útil o lo inútil. Por eso cuando emprendían cualquier faena por su propia iniciativa ya no sabían qué hacer. Aventureramente improvisaban y no recogían la menor experiencia. Básicamente el síndrome de Palafox es eso, pasarse de buena gente y hacer caso omiso a los consejos de los demás. Los Tiraguas trataron de perfumar la basura en vez de reducirla, esto para nosotros es ridículo porque ya no generamos basura. Desde que todos los seres humanos tienen todo lo que necesitan y desde que se entendió que es pecado desperdiciar algo o tener de más, se acabó la basura.

-¿Pero para qué perfumarla, si ya la habían producido por qué no asumirlo y deshacerse de ella?

-Bueno -incorporó Luz que sabía bien de qué se trataba la ponencia de Gabriel-, el revesísmo se incorpora en el pensamiento tiragüense metodológicamente pero de manera mutante. Como un virus que altera la reproducción de la célula de la víctima, el revesísmo se incorpora al pensamiento tiragüense de manera sistemática sin ningún compromiso con la verdad enfermando la idea en su sentido moral.

Ángela no entendió a qué se refería su madre, algo apuntó en su memoria para acordarse después y preguntárselo frente a su papá, aunque la siguiente parada de la gira le aclaró el comentario bastante. Llegaron a un monumento que explicó el guía conmemoraba la Batalla de Chalco.

-Aquí tuvo lugar la crujiente batalla de los piperos contra los colonos porque instalaron redes de aquaductos. Por algo todos los historiadores se detienen aquí, coinciden en que marca el inicio de la decadencia, de nuevo incorporándose la contradicción como sorprendente '*a priori*' que se incrusta metodológicamente al pensamiento tiragüense. La gente en las faldas del volcán, en el escurrimiento más grande de agua pura del continente se peleaba por el agua. ¿Sería obsesión de Tonson el hablar de revesísmo sistemático o hacían todo al revés?

Ambas turistas se rieron era obvio que los Tiraguas más bien buscaban una excusa para pelear. Riéndose aún, Luz añadió;

-Nunca llegaron a otro acuerdo que el del metro patrón.

-y pareciera que para golpearse con él –agregó Ángela aprovechando la alegría de los demás.

-¿Ahora esto?

A Luz se le hizo un nudo en la garganta habían llegado a lo que Gabriel decía debía llamarse el monumento a la estupidez. De nuevo al derretirse el polietileno dejó entre ver los ritos y costumbres de aquel extraño grupo étnico. Las burbujas de plástico contenían docenas de bebés, solos, increíble pero cierto, los Tiraguas dejaban solos a sus bebes en casas hechas para dejarlos allí.

-Es inconcebible que alguien pueda dejar un bebé solo Mamá.

-Supongo que es parte de todo ese mundo obscuro, porque tengo entendido que les pasaban peores cosas a los bebés todavía. Había bebés que ni siquiera tenían papá y bebés que no tenían mamá, hacían muchos arreglos raros.

-Pues qué diferente hoy, a partir de que una mujer se titula ya no tiene que trabajar. Qué bonito es que ya con su licencia pueda descansar y dedicarse a sus bebés.

-Hoy todo es diferente.

-No cabe duda.

-Pero entonces las mujeres tenían que dejar a las criaturas solas para recibir su salario.

-¿Pero acaso realizaban trabajos donde no podían llevar bebés?

-Aunque no lo creas.

-Pero nada podía valer más que estar junto a sus criaturas.

-Aunque para nosotros parezca un sitio bárbaro hay que entender su construcción desde el punto de vista tiragüense. Tomando en cuenta su ideología y situándonos dentro de su marco conceptual, este sitio significaba progreso para ellos. Nosotros tenemos que simpatizar con una estructura mental cuyas operaciones están basadas en la contradicción, ésta se incorpora al pensamiento como verdad constitutiva de ella. Con estos planteles hacían un bien sin ver que satisfacían la absoluta necesidad de construir todo proceso mental con parámetros absurdos. Absurdos que caracterizaban en lo profundo todo acto tiragüense emergiendo a la superficie y revelándose a flor de piel.

-¿Esto no es otro altar pagano? Por lo visto había muchos, ¿verdad?

-Así es, y éste en particular es uno muy especial puesto a que aquí muestran los Tiraguas alguna preocupación por la tierra adorando equivocadamente a la madre de Cristo, ella es una de las primeras deidades más sofisticadas que llevaron al ser humano por el camino de la verdad. La Virgen es una representación primitiva de Nuestra Señora. A pesar del encanto de este personaje mitológico su creencia estaba fundamentada en la contradicción misma, pues en sitios como éste alegaban que aparecía. Este monumento se levantó en su honor. Ella aparecía en los montes altos, en los cerros bajos, pero no aparecía cuando le hacían daño a alguien. ¿Nadie sabe por qué entonces no aparecía?

Luz sabía que esta pregunta era clave para su investigación. Era el punto central y el objetivo técnico detrás del viaje para conocer esa tierra mágica que el mismo Shölemberg, padre del liberalismo tardío, pisó tantas veces, un hombre que había producido un corte en el tiempo que lleva el paso de la historia. Con él terminó toda una etapa y comenzó La Era Crítica.

-Parecía que hubiera habido un corte brusco casi instantáneo que marcó el fin entre una época y otra en que corría el vital líquido libremente por surcos sobre la superficie terrestre. Todas las construcciones ofrecen datos, los tubos y los canales también, pero la prueba del carbono es contundente, muestra la existencia de raíces sobre las orillas de las grietas en la tierra y comprueban que el vital líquido corría abundante y gratuitamente al aire libre por dichas grietas. A sus costados quedan rastros de vida, lo cual era de suponerse, los Tiraguas no vivían sin agua y a pesar de tanto movimiento tenían que volver a su fuente de abastecimiento principal. Obviamente que el vital líquido no requería los cuidados de ahora y sin embargo, no les alcanzó. Siguen apareciendo misterios, cada pregunta que hacemos parece hacer más seria nuestra investigación. Los hallazgos de ayer nos aportan muchos datos pero investigaciones recientes muestran graves prejuicios para entender el tema. Algunos puntos elementales coincidentes estructuran todas las teorías y comprueban el desarrollo tan primitivo en términos espirituales de estos seres tecnológicamente tan avanzados. Por ejemplo esos diques gigantes que observamos aquí los hicieron para fabricar luz. ¡Hacían luz en vez de usar la luz del sol!

-No cabe duda de que era más difícil lograr hacer luz de esa manera, eran ingeniosos, por lo visto tomaban el camino más difícil. El mayor encanto de la cultura tiragüense estivaba en su contradictoria evolución intrínsecamente desastrosa pues mientras unos tiragüenses eran eruditos otros eran tan primitivos que sólo podían repetir lo que se decía en la caja repetidora. Unos sabían si lo que decía la caja era verdad o no, mientras que otros sólo la obedecían. Vivían en un mundo moderno usando cosas modernas sin saber nada acerca de ellas, por eso el día que estallaron las centrales nucleares estallaron tanques y micro hornos y más cosas pero ellos no sabían lo que estaba pasando. Sólo sabían cómo se usaban estas cosas no cómo se hacían, ni quiénes las hacían. Por ello, la sociedad se dividió en dos, los que cuestionaban la vida y los que nunca cuestionaban nada manteniendo una relación mítica mágica con el mundo. Normalmente se mecían en sillas balanceadoras a repetir lo que vieran en la caja repetidora sin cuestionar nada absorbiendo lemas distorsionadores de la realidad en función de su evasión.

-¿Pero cómo es que no usaban la luz solar?

-Parece ser que supieron hacer luz artificial antes de saber cómo almacenar la luz natural, pero aún así cuando ya supieron usarla no lo hicieron porque los que vendían la luz querían seguir haciéndolo y continuaron haciendo estos diques gigantes que destrozaban la vida silvestre a su rededor. De todo esto queda constancia en las actas del Archivo General de la C.F.E. donde ustedes podrán encontrar mucha información.

-No es allí donde dijo mi Papá que iremos juntos.

-Exactamente y es donde él te propone tanto que te vengas a hacer algún estudio de posgrado cuando acabes tu carrera.

-¿Y ahora a dónde vamos, eso qué es?

-Es un centro de investigación para estudiar peces muertos y especies desaparecidas.

-¿Y para qué? – Preguntó Ángela un poco sorprendida.

-Bueno hay que recordar que el giro humanista contra el obscurantismo no se dio hasta fines del siglo 3 y no podemos hablar de que se hayan erradicado ciertos vicios hasta fines del siglo 4 principios del 5. En este momento histórico aún se retractaban para avanzar como mecanismo metadológico pero la gente se equivocaba de buena fe. Mientras que el cinismo se incrustaba en el pensamiento tiragüense como el *'a priori'* tahitiano sin ser especificado, y en este caso es más claro que en otros, explotaban los mares con bombas atómicas, las probaban y después ponían a los especialistas a estudiar la ola de peces muertos. Bien dice Joechest que matizaban su cinismo para ocultarlo con hipocresía, pero éste se transparentaba en el lenguaje. Por ejemplo, llamaron a la ola de peces muertos El Niño.

-¡Qué falta de vergüenza!

-Entre sus múltiples deformaciones del leguaje aparecieron términos como apócrifo a cada vuelta de la esquina, y pronto, hipócrita y apócrifo se amalgamaron en una sola idea lo cual nos dejó dos palabras nuevas, lo apócrito y lo hipócrifo porque lo canónico no apareció por ningún lado.

Un poco sin entender, pero muy escandalizada la niña observaba todo.

-Los Tiraguas eran complejos, mira ¿vez eso canales que corren allí? Eran para el vital líquido que dejaban correr por donde fuera ensuciándose y desperdiciándose. Sabían cuánto valía porque todo lo que hacía requería del vital líquido y eso era un dato inicial que no tomaron en cuenta, cosa que sustenta las palabras de Tonson al afirmar que la explicación de su extinción radica en sus contradicciones internas, lo cual se puede entender claramente desde nuestra perspectiva pero porque lo comparamos con nuestra cultura. Debemos siempre tener presentes que los Obscurantistas no sabían que eran Obscurantistas ellos se consideraban iluminados.

-Por lo visto opina usted igual que mi marido.

-Eso no lo puedo confirmar pero me imagino que sí, por lo menos comparto su buen gusto. Es claro que este grupo humano estaba tan lleno de disparates y que por eso se extinguieron. Se educaban para pelear así como ensuciaban para lavar. Fue el revesísmo constante lo que erradicó a este grupo tan primitivo.

La culminación de la cultura tiragüense fue su autodestrucción y la única forma para entender su erradicación es entendiendo que prendieron una mecha y obtuvieron la reacción en cadena que tanto habían preparado.

-¿No sería que no se lo esperaban?- preguntó la niña aún más asombrada.

-¿Pero entonces para qué entrenaban así a los jóvenes? Había centros especializados para prepararlos, unos pasaban después a centros más especializados y los más audaces iban a los centros de acopio de armas para manejar y hacer más armas. Era una rutina que se les imponía desde chiquitos, en el museo quedan uniformes de scouts pequeños que aprendían a ser militares jugando. Todo centro ceremonial tiene varios edificios bardeados donde encerraban a los niños para hacerlos obedecer sin cuestionar nada desde muy jóvenes.

-Ya ves que ningún Tiraguas llegó a ser mayor, morían niños cuando mucho alcanzaban a vivir unos cien años.

-Encima vivían aquí para trabajar hasta allá, de verdad que todas las actividades de esta sociedad muestran un absurdo intrínseco, y los restos materiales lo comprueban.

-Solamente con ver las jaulas electrificadas que tenemos aquí más adelante en nuestra gira donde encerraban a la gente por cualquier cosa, simplemente por si acaso hizo algo malo los encerraban y si no lo habían hecho no tenían cómo comprobarlo, de manera que no salían de allí. Encerraban a quienes consumían algo dañino para luego seguir dándoselo allá adentro. Moses ha comprobado que estos conjuntos de jaulas servían definitivamente de cámaras de tortura altamente sofisticadas.

-¿Pero por qué no protestaban?

-Bueno hay que entender que todo esto iba contra la voluntad de las mayorías que no controlaban su sociedad. Los que debían de cuidar a las mayorías eran secuestradores profesionales. Secuestraban a la gente legal e ilegalmente a unos se los llevaban con órdenes escritas y a otros sin papeles, eso sí, todos a la fuerza. Regresaban a sus casas si soltaban dinero y si soportaban el maltrato. En ambos casos privaban a la víctima de alimentación y de su dignidad ya que secuestrados los malos se hacían más malos y los inocentes sufrían como si fueran malos.

-Definitivamente se ve que estos conjuntos jaulísticos fueron un nido de problemas.

-¿Y a quiénes tenían enjaulados allí?

-Se dice que en la guerra los pobres ponían los muertos y en los penales los reos.

-De hecho un gran pensador tiragüense Foucault, máximo exponente del Tiragüense decadente, los llamaba focos de infección –añadió Luz.

-¿Entonces había dentro de los Tiraguas quienes se daban cuenta del error o horror de tener sitios así?

-¿Ya entendiste el punto medular del trabajo de tu papá, si unos conocían la diferencia por qué no la conocían todos? Y de hecho se ha visto que a pesar de las enseñanzas dadas desde Copérnico hasta la NASA había seres terrestres que no sabían que existían otros planetas ni sistemas solares. Mantenían un criterio Ptolemaico a fines del siglo 2000. Sólo veían la cajita repetidora y con ello mal gastaban su tiempo. Se cree que habían Tiraguas que nunca vieron las estrellas en vivo sólo las conocieron por televisión.

-Lo que más me pregunto es ¿si unos eran tan sabios entonces por qué se dejaban mandar por los más retrógrados?

-Buena pregunta o más bien observación. De hecho aquí un poco más adelante, les iba a mostrar una placa que demuestra que mientras unos Tiraguas no sabían nada sobre los astros otros estaban altamente instruidos y calificados para viajar en el espacio. La casta superior usaba el conocimiento para manejar al pueblo formándose un sacerdocio que no divulgaba sus secretos. La tecnología fue muy exclusiva.

-Como todo lo tiragüense, ves Mamá, siempre divididos en dos.

Cuanta buena suerte les había tocado con este guía tan preparado y tan guapito. Él se lucía, ningún hombre deja de aprovechar una oportunidad para coquetear con dos mujeres hermosas. Las llevó adonde develó una placa que conmemoraba la lucha humana contra el horario de verano y decía exactamente eso: No al Horario de Verano.

Ángela lo veía perpleja, ¿Por qué se opondrían al horario del verano? ¿Quién podía impedirlo?

-Rochés ha dicho muchas veces que no era la llegada de verano lo que querían impedir sino el contar con más luz durante el día porque no sabían qué hacer con ella. Como podían ver la cajita repetidora con luz artificial no necesitaban luz de día.

-Parece increíble que nuestro mundo pueda tener algún lazo con todo esto.

-Parece pero cada día encontramos más elementos que emanan de ese mundo, simplemente el origen de nuestro idioma que tiene su origen en el Escarabajo de Filipinas que es nuestra lengua madre. Ésta apareció antes de la explosión, pero se desarrolló durante la Iluminación y culminó en las lenguas que tenemos hoy en día.

-¿Ahora dónde estamos?-preguntó Ángela al detenerse la gira otra vez.

-A que conozcan El Sistema Tributario de los Tiraguas.

-¿Qué exactamente es esto tan sellado?

-Se llama caja fuerte, es un banco. Aquí depositaban su dinero para no volver a verlo jamás. Si algo de las ruinas que vemos comprueba el revesísmo de Tonson es esto. Aquí se puede apreciar cuánto trabajaban los Tiraguas para nada.

En edificios como éste, es donde los pobres centralizaban el dinero, entregándolo en la ventanilla. Ellos mismos se lo daban a guardar a los ricos los cuales lo gastaban. Como ellos organizaban el gobierno hacían al gobierno pagar lo que se gastaban por si los pobres exigían su dinero pero el caso es que los pobres ya lo debían y no lo volvían a ver jamás.

-Lo único que no me contestaste fue mi pregunta; ¿si unas personas eran tan sabios por qué se dejaban mandar por las más retrógradas?

-¡Ay!- suspiró el guía-. Hemos llegado a un punto de máximo interés, las famosas cuevas artificiales de Candombeé. Este sitio que se llamaba 'disco' era justamente un centro de convulsión como seguramente conocen del hemisferio sur. Se ha sabido que varias cuevas de éstas explotaron por cuenta propia antes del holocausto, restos muestran que era en estos lugares donde ingerían líquidos para vomitar y parvadas enteras usaban hasta la aguja cínica. Ya no distinguían entre sentirse bien y sentirse mal por lo que usaban polvos para despertar, polvos para dormir y polvos para despertar otra vez. Todo esto los llevaba a copular con un completo extraño para no volverse a hablar jamás.

-¿Pero cómo al día siguiente no se les antojaba volverse a encontrar? -comentó Luz pasando con dificultad su propia saliva.

-Parece que no, cada cual se quedaba con su soledad, él complacido, ella no se sabe.

-¿Cómo que no se sabe?

-Todo hace pensar que seguían allí por seguir ingiriendo el vomitivo porque estudios paleontológicos no han encontrado rastro alguno de orgasmo en los organismos femeninos, en realidad se han encontrado pocas evidencias del fenómeno en general durante esta etapa de la humanidad.

-¿Y para qué eran esas casitas de allá?

-Ésas no son casitas, son tumbas. Así como este lugar se han encontrado centenares de ellas. Son para hacer composta humana pero incorporados a la tierra de manera tal que retrasaban el proceso de descomposición de la materia orgánica. Muestran su total incongruencia, primero descuidaban la vida hasta provocar muertes prematuras por causas perfectamente evitables y después preservaban un cadáver cual si fuera posible evitar su descomposición deteniéndola. Pensaban morir sin descomponerse. No se entiende qué querían lograr con ello, algunos estudiosos creen que verdaderamente trataban de impedir la muerte.

Estupefactas Luz y Ángela se encontraban paradas ante las ruinas mismas que necesariamente hacían reflexionar sobre los vestigios de aquel grupo tan primitivo que quedó fosilizado dentro de grandes burbujas de polietileno. Postradas ante el espectáculo, mientras los volcanes rugían por encima de ellas insinuando ser los culpables del desastre desplegado a la vista, quedaba cantidad de detalles sin poder ser explicados como el contraste entre las compostas humanas que contenían cadáveres cuidadosamente embalsamados, ¿para qué? Y de hecho nunca acabarían de preguntarse si los Tiraguas le tenían tanto miedo a la muerte, entonces, ¿Por qué tiraban el agua? ¡Destruir todo y conservar los cuerpos muertos! De verdad que el pensamiento tiragüense rayaba en lo irónico.

No había otro adjetivo que describiera la mentalidad tiragüense simplemente, la ironía pertenecía a la mecánica del revesísmo pues estos campos de composta revelaban el miedo que estos primitivos le tenía a la muerte cosa que también se podía observar en una serie de costumbres o acontecimientos cotidianos. Pues en la medida en que pasaba el tiempo les preocupaba tanto envejecer que en vez de dedicarse a ser buenos padres y madres se dedicaban a verse jóvenes y bellos. Era inexplicable que celebraran la fecha de su nacimiento, denominando esto 'cumpleaños' cuando de acuerdo con el esquema de valores de ellos en realidad era motivo para deprimirse y entristecer.

-No sé cuántas veces me ha dicho tu padre que el elemento estructural de la teoría de Tonson queda comprobado con el derroche de productos contra el tiempo, como si pudieran detenerlo, tan poderosos se creían que intentaron desafiar hasta eso.

-En cambio ahora le damos un tolerable pésame al que lleva la cuenta de sus años.

-Finalmente hacemos lo mismo acompañamos a esa persona en su día para que se le olvide que cada segundo es una oportunidad única, o un instante solitario como dijo Bachelard, gran exponente de lo que hubo de sabiduría Tiragüense, del trascendente concepto; la vida es un punto suspendido entre dos nadas.

Todo ejemplo mostraba un principio elemental, el hecho de querer hacer todo al revés. Si un río iba para allá lo encausaban para acá, si no había mar trataban de hacer uno y si algo no alimentaba más lo distribuían. Siempre a cambio de dinero, algo que no servía para nada.

-De verdad que hablar de los Tiraguas es hablar de la barbarie.

-Así es hija, le hacían daño a sus mujeres, les hacían daño a sus hijos y querían sobrevivir, sólo ellos opinaban.

-¿Qué es esto?

-Ellos le decían feria, el Doctor Rapenwood lo denomina centro de éxtasis centrifugado.

-¿Entonces sí es verdad la teoría del movimiento perpetuo?

-No se ha podido confirmar pero lo seguro es que los Tiraguas deseaban imitar la inercia molecular por lo que no podían estar quietos. En general se encontraban en un movimiento perpetuo inútil y estos centros ceremoniales, ciertamente, confirman esta atracción. En primer lugar hacían un gran esfuerzo para llegar, por las monedas que costaba para entrar, pero aquí se reunían para zangolotearse con maquinaria pesada y muy sofisticada, por cierto.

¿Formas de autodefensa o de evasión tantas veces señaladas por Rapenwood? ¿No serían pruebas de la falta de orgasmo en el organismo común tiragüense? ¿Si el objetivo fundamental de los Tiraguas era el mismo que el nuestro por qué simplemente no resolvían nada? En vez de poner el amor en el altar de su casa como se hace sencillamente ahora, la telaraña del poder enredaba hasta la fase reproductiva del individuo. Las palabras del guía lo recalcaron:

-Recopilaciones muestran que el propósito de la acumulación en general se debió a ese anhelo de copular permanentemente. Sin embargo el poderoso era enjuiciado *Ipso facto* si se le conocían amoríos. Rodeado de tentaciones era devastado si caía en ellas. La leyenda se llama el mal de Mónica, y describe como el más poderoso de los tiragüenses fue la burla de todos. Una leyenda entre tantas de estos primitivos que revelan su absoluta incapacidad para hacer el amor. Al convertir todo en mercancía los Tiraguas se hicieron esclavos del dinero. Después necesitaron dinero hasta para hacer el amor. Repetía el lema 'dinero mata carita' pero por supuesto que todas las muchachas nada más se burlaban de los poderosos y ellos sólo se encontraban con las que querían dinero y no amor.

-Tengo entendido que la riqueza de un hombre se medía por cuántas mujeres tenía.

-Y el desgaste de un hombre también, como los Tiraguas se traicionaba y burlaban a sí mismos, ya grandes pagaban por sus pecados y eran olvidados por todos. Entre más poderosos eran, más mujeres tenían y entre más mujeres tenían más perseguidos eran por los hombres que no tenían.

-Para empezar a las mujeres las 'tenían' –añadió enfáticamente Luz.

-Exactamente, eran de ellos, como revelan las novelas de Pasán y como dejan ver las figuras de bronce de Posine que representan al ejecutivo y su cortejo erótico, con su nueva casta de cortesanas, llamadas edecanes que acabaron llamándose edecarnes. Toda apunta a que la plutocracia no conocía el remordimiento social o que estaba invadido de cinismo colectivo ampliamente detallado en la obra monumental de Gacés y Roser.

Incomprensible como todas las instituciones tiragüenses, su sistema tributario reforzaba el revesísmo de Tonson con empeño. Aunque los avances teóricos del siglo pasado hubieran sido tan relevantes algo no concordaba, algo que rebasaba lo absurdo y rayaba en lo ingenuo, algo que estaba implícito en el acto de sellar tan invulnerablemente a los muertos. Unos se desvivían por producir mientras otros con la misma facilidad y patrocinados por quienes hacían tan grandes sacrificios se dedicaban a destruir. Las excavaciones de Clemens destaparon el verano pasado una serie de juguetes destructivos. El revesísmo seguía siendo la explicación medular. Sólo así se podía entender que por un lado los Tiraguas tuvieron a bien llevar el vital líquido a cada célula humana y por otro inventar artefactos bélicos que por fortuna ya eran extintos como ellos.

-Pero deben haber tenido razones para hacer lo que hacían conociendo mejor. No se explica por qué unos se sacrificaban tanto para la acumulación de otros ni por qué se acumulaba lámina de zinc y polietileno nada más.

-Sea por razones místicas o por las supersticiones de estas culturas primitivas, enviaban un tributo creyendo complacer así la tecnocracia descrita por Demacroix.

De nuevo el revesísmo de Tonson describía el estado permanente de confusión al que estaban sometidos los súbditos de la tiranía oficial. Luz pensaba en esa sociedad perdida que dentro de lo grotesco que era, la fascinaba y a la vez le daba una especie de coraje con ganas de vivir. Era inefable y difícilmente pudo explicar lo que sintió. Había un aire sórdido en el ambiente, un deterioro vigente. Al ofrecerles otra vuelta por las ruinas el conductor les propuso extender la excursión. Querían verlo todo, el suelo parecía estar contaminado y cubierto de actos de mala fe.

Postrada ante aquel valle tan trascedente, Luz, contemplaba el tono de verde delineando la pradera donde algún día debieron pastar especies extintas imaginables solamente gracias a las obras de Picó. Unas gentes habían quedado visibles en burbujas de plástico derretido y enfriado instantáneamente por el hielo de los volcanes. ¿Cómo se había dado esa explosión tan cerca de tanta agua congelada? ¿Qué hicieron los Tiraguas para lograr una contradicción así? Aquellos cuerpos fosilizados dentro del polietileno no podían causar nada menos que escalofríos. Luz sintió el hormigueo correr por su piel. Se horrorizó de pensar en el terror que sentirían y la desesperación que sentirían por no haberse cubierto con el hielo a tiempo para protegerse del holocausto si lo veían venir, algo sabían acerca de los grandes arsenales de explosivos que se habían acumulado cerca en el hemisferio norte.

-Tal vez de haberse dado cuenta de su riqueza la hubieran desperdiciado y tirado como solían hacer con el vital líquido normalmente. No se sabe por qué lo tiraban pero lo seguro es que revolvían orines y basura con el líquido de deshielo de estos monumentos naturales -explicaba el guía-. Existen ruinas jesuitas de la prehistoria internetiana del siglo xvi que muestran el intento de separar aguas pluviales de aguas de caño, pero el gobierno al ahorrar ya no lo permitió y construyó canales que revolvían los líquidos vitales con los de desgaste. Esos sistemas acuáticos muestran muy poco interés en la problemática, y aunque haya habido tantos centros de convención acuática, no es un hecho que veneraran el agua. Como dice Tonson la gozaban, la usaban pero no la veneraron porque de haber sido así nunca la hubieran tirado llena de orines por los caños.

-Nadie se explica por qué si morían de sed buscaban petróleo en vez de cuidar el elemento más sagrado - Luz acababa de decir una gran verdad, el fondo del asunto era el respeto perdido hacia una naturaleza severamente ofendida. El origen del problema era de carácter religioso. No se veneraba el agua ni ningún otro elemento de la creación.

-Yo no entendía para qué nos enseñaban prehistoria.

-Ahora entenderás que es para asegurarnos que nada de esto se vuelva a repetir. Te imaginas a esos salvajes cavernícolas, qué mundo tan aberrante, con jaulas para unos y piedras inútiles para otros.

-Cada día me gusta más la arqueología, creo que voy a estudiar lo mismo que mi Papá.

-Te diré que parece ser que el viaje ha valido la pena.

Cuánto contraste entre ese mundo y éste donde crecía Ángela tan preciosa comparada con esa sociedad cuya culminación fue su desaparición y lograr ante todo aniquilar la vida. Hacía más de una ultra mega de años que se había prohibido la guerra y esos seres efímeros que vivían como mariposas, conocían una migaja de vida, morían a los sesenta años, ¿qué podían aprender en tan corto tiempo?

-Nada más piensa, la edad que para nosotros apenas es la adolescencia, para ellos era el fin de la vida.

-Tengo entendido –añadió el guía-, que las cámaras quieren reducir la mayoría de edad a los cuarenta años, porque si para los cuarenta años el sujeto no ha encontrado el orgasmo no lo encontrará a los sesenta tampoco. Claro que causa polémica, temen que se reduzca injustamente la pena a los vanos. Se entiende que no hay por qué alarmarse el Dr. J.L. Carrascadas fue maestro mío y él afirma que ya no existe la pena de muerte. No hay reportado un solo caso de eutanasia por frigidez en los archivos de la modernidad. Lo que se registra en la antigüedad coincide con la primera eroticaria de humanos fundada por la Academia. Este momento histórico marca el cambio cualitativo de las relaciones sociales, sustentadas en la democracia y partiendo del principio fundamental de que todos somos iguales y todos debemos ser felices.

-¿El Régimen Eudonista apareció después del holocausto, entonces?

-Necesariamente hija.

-Entonces ¿por qué el profesor Vargas ha dicho siempre que debemos reconocer nuestra raíz tiragüense? Yo pensaba que nada de ello servía y que habían desaparecido del todo.

-El primer Estado Eudonista surge después de la apocalipsis acuática, eso es un hecho histórico, y para entonces los Tiraguas se habían auto-aniquilado.

El erudito guía perfectamente instruido en fechas y datos había puesto los puntos sobre la 'i' de tal forma que Luz no se atrevió a alegar. Siguió hablando y Luz lo escuchaba encantada de ver la carita de fascinación de Ángela.

-Los datos que nos proporcionan del Departamento de Información Familiar muestran escándalos, suicidios, abusos, todos ellos patrones de conducta comunes antes del holocausto. El holocausto corta la era pero no se agota en el corte. Recupera todo lo que la prehistoria y la pretahistoria tienen que ofrecer. Hay así una recapitulación desde la antigüedad que nos permite observar que los grupos humanos no conocían el orgasmo de manera homogénea. Por una parte era el privilegio de los que más abusaban y por el otro, motivo de una insaciable búsqueda de algo inalcanzable.

Fundamentalmente no conocían el orgasmo ni todos parejos ni en todas partes. Hay que recordar que nuestra constitución nace después del holocausto y que no es hasta entonces que nuestros héroes no enderezaron lo más elemental del orden humano. Es a partir de allí que todos somos iguales realmente. De hecho hemos llegado al Monumento a la Igualdad y aquí lo tienen ante sus propios ojos.

La cabeza grotesca de cemento hizo a Luz pensar en muchas cosas a la vez. Sabía que los datos del DIF eran auténticos, los niños ahora alcanzaban el orgasmo desde muy pequeños. Estos eran los cambios cualitativos de la historia que permitían un mundo mejor. Cuánto no había cambiado la ciencia en cinco mil años, ahora tenía con qué garantizarnos el orgasmo si para eso es el Estado también, porque la frustración daña a toda la sociedad y el Estado tiene la obligación de velar por todos los ciudadanos para procurar el bienestar emotivo del individuo.

-El orden de las cosas en el mundo tiragüense era definitivamente otro. La casta superior consumía sustancias prohibidas y la casta inferior ingresaba y salía de los penales por vendérselas. Se ha visto que las jaulas completaban la formación de los jóvenes causando una implacable rebeldía dentro de sus almas.

-Para que veas, hija, otro secreto del buen funcionamiento de nuestra sociedad es que somos enemigos de esas jaulas o cualquier tipo de calabozo. La Desaparición de los Penales fue dictada después de las correcciones hechas al Decreto de los Derechos del Ser Humano. De hecho dejaron de existir a partir de que quedaron vacíos.

-¿Pero por qué llegaron a existir?

-Porque eran individuos con patrones de conducta culturalmente mal orientados. El sistema no podía tolerar la crítica.

-Así es, si algo los hacía sentirse bien lo prohibían y lo guardaban para un grupo minoritario selecto de la casta superior. Hasta las plantas las prohibían, algunas flores también, en cambio empacaban y repartían todo lo que hiciera daño.

-Lo mejor repartido de todo eran los brebajes para vomitar, aunque también acostumbraban tomar una sustancia negra que les quemaba los intestinos, fumaban una hierba que les tapaba las arterias como caños pero prohibían las medicinales. Los hábitos tiragüenses son más que sorprendentes, reflejan un estado de ánimo y esto repercutió, sin duda, en su selección ideológica simbólica cotidiana. Si así eran con las cosas imagínate como eran con sus mujeres, que eran casi cosas.

Luz siempre quería ser abierta, pero acababa siendo dogmática como todo aquél que sostiene una postura moralista. Pecaba como otras mujeres menospreciando la sensualidad ajena. ¿Cómo no le molestaba su propia seducción, menos aún la que Gabriel ejercía sobre ella? ¿Con qué derecho tiraba la primera piedra y juzgaba a todo un pueblo oprimido? Hablaba despectivamente de gente que había caminado y sufrido sobre esas praderas buscando, tal vez, al igual que ella, una explicación acerca de esta existencia.

¿Mamá, ya viste dónde estamos? Estoy tan emocionada que no lo puedo creer. Estamos en las faldas del Popo y estas son las auténticas ruinas de Chalco. Allí se ven los canales de desperdicio y las bolas de polietileno como aparecen en mis libros de texto.

-¡Que estupendo! Hacía tanto tiempo que no viajábamos, nunca pensé que fuera a ser tan maravilloso.

Realmente cuando Luz estaba preparándose para el viaje no pensó que fuera a ser tan trascendente para su relación con Ángela. Todos los viajes son emocionantes pero nada había sido igual que poder pisar estas tierras legendarias con su hija, pasear por rumbos desconocidos, probando frutas del trópico, y vacilando entre los escombros de una civilización tan inmadura que ahora parecía ridícula.

Luz veía aquel valle, donde corría el vital líquido abundantemente por la superficie terrestre, había peces y había aves nuevamente por encima de las ruinas humanas. Esos seres habían conocido a ese valle verde y con abundantes especies vivas. A pesar de ello, los Tiraguas murieron de hambre.

-Menos mal que nosotras nacimos en un mundo donde ya nadie se puede morir de hambre verdad, Mamá.

-Si de verdad que no exagera tu papá al decir que el cambio fundamental entre el obscurantismo y nuestra era se debió al uso de la razón.

-¿Pero por qué ellos usaban la razón para tantas cosas y luego la dejaban de usar?

-Por culpa de los letrados que revelaban las causas que luego había que callar y el gobierno se encargaba de ello de la misma manera que en completa complicidad con los explotadores garantizaba la explotación dividiendo la sociedad en dos, los que mandaban y los que oían.

-Ver esto es realmente impactante, entre más incongruente era algo más se embebía en los hábitos de los Tiraguas. ¿Qué sería la gota que derramó el vaso, a qué se debía la erradicación de este grupo humano?

-Bueno se sabe que empezaron los diluvios pero nunca pensaron que estaban relacionados con los hoyos en el ozono y no hicieron nada para cerrarlos. Comenzaron a derretirse los polos y continuaron las lluvias. Unos humanos fueron barridos por el agua, otros quemados por el sol, pero nunca se pusieron de acuerdo para resolver eso, para explotar bombas sí se ponían de acuerdo pero para corregir el cielo nunca se pusieron. Ya ves que Plas insiste en que el instinto suicida tiragüense era intrínseco a su naturaleza.

-¿Pero acaso todos los grupos tiragüenses fueron iguales?

-Claro que no, de los que tenemos detectados éste, sin duda, fue de los más evolucionados. De hecho es por eso que aún quedan vestigios en esta zona. Algún rasgo humano permitió que pudiéramos hablar de una cultura aquí mientras que del Coloso Destructor no quedó ni su rastro. La escasez de restos hace imposible realizar una investigación objetiva allí. De Tierra Santa, hasta el hielo permanente, no quedó nada. El fósforo entre los escombros hace pensar que existían muchos letreros luminosos como los que anunciaban la entrada a las cuevas artificiales de candombeé. No se ha dado con la clave de la decadencia tiragüense. No se sabe cómo se inició la primera explosión pero sí se sabe que produjo una reacción en cadena y se sabe que la mayor cantidad de arsenales radioactivos se encontraba dentro del territorio del coloso del norte supuestamente para protegerlo.

-¡Entonces, estaban cubiertos de arsenales nucleares para protegerse! ¡Eso sí suena de lo más tiragüense! Con razón no quedó nada.

-Bueno también tienes que recordar que los Tiraguas nunca se enteraban de nada que no dijera la cajita repetidora y en la cajita repetidora se tenían extremo cuidado de no mencionar esos detalles.

-¿Y entonces para qué servía la cajita repetidora?

-Bueno esa se encargaba de mantener altos los precios de las cosas, por lo menos lo más altos posibles para obtener mejores ganancias, pero nunca se ocupó de repartirlas a quienes les hiciera falta.

-¿Pero si servía para entrenar a la gente por qué no lo usaban en vez de las pequeñas comandancias infantiles?

-Nunca se usó la cajita repetidora para repartir el conocimiento, ni siquiera le ofreció el alfabeto a su gente, tanto los entretenía que ya nadie sabía hacer música y todos contemplaban a los que fingían hacerla. Influía a tal grado en sus vidas que les invadía el alma supliendo el espíritu. Pero nadie podía detenerla, los tiragüenses se sentaban en la sala de sus casas para ver entrar las emisiones de la cajita a destrozar sus hogares y no podían hacer nada al respecto. Tenían que contemplar que les envenenara el tiempo libre, el trabajo y el alma de sus hijos sin poder ofrecer la explicación de por qué lo fantástico causa un daño real.

-Pues casi no se puede creer tanta destrucción, mi Papá no exageraba.

-Qué bueno que ya vamos a contárselo. A mí me tiene nerviosa pensar que nos perdimos su ponencia y que no sabe dónde estamos.

-A mí también aunque creo que se ha de imaginar que estamos fascinadas con conocer esto.

En efecto Gabriel ya se encontraba dando vueltas por los pasillos del hotel como león enjaulado. No sabía si irse a caminar y cenar con Heir Lafter o si esperar a sus acompañantes pues no sabía cuánto tiempo tardarían. Estaba a punto de dejarles un recado en la recepción cuando las vio entrar cubiertas de polvo y con aire de agotamiento, pero ambas con una marcada sonrisa atravesando sus caritas. Gabriel se imaginó por qué habían tardado tanto, la excursión debió haber sido maravillosa. A las dos les costó trabajo dejar de hablar y darle tiempo a Gabriel para saludarlas.

-Siento mucho que se hayan perdido todas las sesiones.

-Quienes están apenadas somos nosotras, nos dolió mucho que no vieras las ruinas, no te puedes imaginar el impacto que se siente al pisar ese sitio. No se compara con lo que uno alcanza a apreciar en los libros.

-Pues espero que deseen darse otra vuelta porque yo no me pienso ir de aquí sin echarles un vistazo. ¿Qué dice Maestro, no nos acompaña a verlas mañana?

-Como no, encantado, aunque debemos ver si no tengo algún compromiso con la congregación.

-Tengo entendido que todo el colegiado va a realizar el recorrido, además no veo cómo avanzar si no realizamos una visita de campo primero.

-Entonces ni dudarlo, además, si me quedo encerrado en un cuarto para que se me pasen los achaques sólo sirve para que me concentre en ellos y se presenten con nitidez cartesiana, claros y distintos. Me hace bien moverme un poco aunque casi no puedo.

-¿Ahora nos acompaña a la cena de todos los congresistas, verdad?

-Bueno, si no le traigo pesadillas con tanta intromisión en la intimidad de su familia, Maestro.

Maestro, Heir Lafter le había dicho a él, Maestro, cuánto honor le hacía y qué poco se imaginaba el pedestal que le acomodaba a Gabriel para subirse a él con orgullo. Se animaba y a la vez el comentario del doctor lo hirió como una punzada en el alma. ¡Qué tan sólo estaba el viejo!

-Es un honor que nos acompañe, no se diga más, veo difícil que me permitan platicar con usted entre la multitud. Conozco a los colegas y sé que no lo dejarán solo un segundo, de manera que le ruego otra oportunidad para conversar a solas antes de que acabe el evento.

-Estoy a sus órdenes, paso un momento a mi cuarto y los veo nuevamente aquí para la cena.

Heir Lafter no tardó, Ángela y Luz se habían ido a refrescar también. Bajaron más que arregladas, se veían preciosas y la cena era en el primer salón de la torre frente al mar.

-No acabo de creer este balcón volado sobre este acantilado.

-La supremacía de esta étnia tiragüense dejó edificios jamás superados por otros grupos humanos. Quedaron intactos los edificios donde no llegó la explosión. Los grupos más alejados de la explosión murieron de sed después de ella. Este arco es una maravilla de la construcción tiragüense, no se entiende cómo lo hicieron.

-¿Y por qué se llama Regina?

-Es su nombre original, es auténtico, data de la era preSchölembergiana.

-No se explica el contraste, esta constante contradicción, no me la explico, cómo fue que estas gentes pudieron construir esto y a la vez auto extinguirse.

Al poco tiempo de estar los cuatro acomodados en una mesa apareció Destello quien abusó de su amistad con Gabriel y Luz para acercarse al Maestro.

-Profesor no sé si recuerda a mi compañero de salón Destello Audaz, alumno suyo también.

-Su cara me parece conocida, a ver déjame recordar mejor, Audaz, el apellido me suena, ah, sí claro tú eres el muchacho que presentó su tesis final sobre estética antigua, no es así.

-Exactamente, lo que veo es que usted tiene una grabadora en la cabeza no una memoria.

-Se equivoca, un maestro nunca olvida un buen trabajo porque es su única recompensa y es la manera en que puede estar seguro de haber producido el estímulo que el alumno merece. Si mal no recuerdo sus conclusiones eran vagas y nunca precisó si hay alguna diferencia real entre la estética antigua y la contemporánea. Por lo que presenta en su trabajo pareciera darnos a entender que la estética es la misma lo que cambia son las condiciones históricas con los que se observan las cosas, ¿o lo malinterpreté?

-Ese es el planteamiento, mejor expuesto no podría estar.

-El trabajo se centraba sobre el hecho de que a pesar de no ser la misma sociedad la que contempla una obra, ésa sigue gustando a pesar de esos cambios.

-Exactamente.

-Ve como sí me acuerdo de usted. Su teoría explica claramente por qué a mí me siguen encantando edificios tan absurdos como éste que no pertenece a mis cánones, ni valores nunca.

-Tal vez usted está siendo injusto con el edificio en sí sólo porque lo gozaban algunos abusivos tiragüenses como quien pudiera no ver bello el coliseo del circo romano. Le resta mucha belleza saber para qué servía pero nunca toda, el edificio en sí es monumental.

Todos se rieron, sabían que lo escrito en la juventud de Destello no era el punto central de la conversación sino el deseo de Heir Lafter de demostrar el cariño que les tenía. Parecía tener prisa en demostrar tanto su cariño hacia estos muchachos como su amor por la vida misma. En vez de familia lo rodeaba una obra y los muchos amigos que acumuló durante su ejecución. Heir Lafter contagió a todos su entusiasmo con sus interminables anécdotas.

Más humilde que erudito, el Maestro se encontró pronto entre otro grupo de gentes conocidas, quedándose Luz, Ángela y Gabriel solos en su mesa. Con el barullo resultaba difícil platicarle a Gabriel todo lo que habían visto e igualmente él no encontraba palabras para describir la sensación de satisfacción que le había dejado la mañana de trabajo. Ni pudieron intercambiar experiencias, la euforia había llevado a otros asistentes a discusiones estériles como siempre. El escándalo comenzó por las aseveraciones ultra radicales del Maestro Rasal al querer cambiar el nombre de la penúltima era histórica de los Tiraguas a Nucleasta, por el desarrollo nuclear y su constitución en castas. Gabriel no se hubiera metido a la conversación pero desgraciadamente le pidieron su opinión.

-Bueno entiendo bien la intención de volver a nombrarlo con otro marco conceptual pero creo que esa tarea no nos corresponde. Será problema de quienes nos estudien a nosotros y todo dependerá de cómo nos clasifiquen. Tal vez nos vean tan primitivos que nos confundan con viles Tiraguas. No se puede saber qué piensen los pensadores del futuro porque no sabemos si tomarán en cuenta lo poco que sabemos nosotros o si quemarán nuestros códices y tengan que volver a empezar por adivinar todo otra vez.

-Pero no podemos dejar de tomar en cuenta el corte marcado por la devastación nuclear. Seguramente que no podrán confundir el ser humano de antes del holocausto con el que apareció después.

-Seguro pero si proceden como tiragüenses, o sea de acuerdo a una lógica tortuosa, pueden no darse cuenta de nada. Acertando aberraciones se pudo llegar a crear lo insólito, como las bombas atómicas, por ejemplo. Finalmente todo el conocimiento de la física y la química llegó a eso, a crear bombas atómicas. Mejor no hubieran aprendido nada.

Las carcajadas fueron contagiosas, la fiesta se había puesto alegre.

-No entiendo Papá, entonces ¿nosotros de quienes descendemos, acaso somos tiragüenses de origen?

-No podemos saber exactamente, porque sí hubieron tiragüenses que sobrevivieron el desastre acuático, todos los que se fueron a Mérida, por ejemplo. Dicen las Sagradas Escrituras que nuestros antepasados naufragaron durante noventa días y noventa noches para alejarse de los gases tóxicos que cubrían la tierra. Sin duda esto traza una raya entre el pasado y el presente, e inició con ello la Era de la Razón. Ésta maduró durante un largo proceso en la etapa que denominamos de Alumbramiento y no fue hasta la erradicación total de los vicios de la explotación que pudimos hablar en términos estrictos de haber alcanzado la Edad de la Luz.

-Yo entiendo nuestro renacimiento claramente, lo que no entiendo es cómo llegaron las cosas a tal grado porque entre las cárceles y la basura tuve para agradecerles a los Todopoderosos haberme dejado nacer hija de ustedes y en un mundo donde lo único que importa es el sentimiento de la gente. Mi profesor de historia dice que nos conocerán algún día como seres de la Era de la Realización Espiritual Plena.

-Debes estar muy orgullosa de tu tierra y de tu origen. Me alegra verte tan patriota.

-Esto es precioso pero sólo me hace extrañar más mi casa.

-Así son los viajes, a mí me ha pasado eso siempre, y creo que lo que más me ha gustado de todos ellos es sentirme en mi casa después -agregó su mamá.

-Vamos que apenas empieza el viaje y yo las veo anhelando su camita.

-No tampoco, pero no negarás que tantos contrastes lo hacen a uno apreciar lo que tiene. Simplemente este paisaje con el mar rugiendo a su antojo y esta posada tan antigua y monumental, me hacen sentirme viva. No puedo creer qué tan grandes arquitectos tenían estos salvajes.

-¡Qué bello es el mar!

-¡Sí y más éste!

-No cabe duda de que de todas las etnias tiragüenses ésta fue de las más cultas de ellas.

-Entonces ¿qué les pasó?

-Fueron devoradas por la globalización, por cierto vieron el pez globo fosilizado, que tienen en la recepción, un pez globo gigante de la Era de la Globalización, ¡qué irónico! Sólo en un sitio con antecedentes tiragüenses se ven locuras así.

-Me tiene con la boca abierta contemplar esta construcción. No sé qué prefiero ver si el mar o el edificio -dijo Luz adornando la noche con la feminidad de su voz.

-Pues ambas son obras humanas, artesanales, por cierto, porque los Tiraguas no lo dejaron así. Costó tanto trabajo dejar limpios los mares como habrá costado hacer este edificio y, es más, se perdieron vidas al hacerlo.

-No lo dudo, tampoco dudo que se hayan perdido vidas en la construcción de este monumento, amor, porque dicen las crónicas que salían lesionados. Hubieron una gran cantidad de muertes prematuras perfectamente evitables en todas las grandes construcciones.

-Para eso eran buenos los Tiraguas para exponer a los demás.

-Te apuesto a que los que trabajaron para hacer este edificio jamás recibieron un centavo después por haber participado.

-Eso júralo -le respondió su papá-, no creo que hayan recibido nada más que un salario miserable.

-¡Que injusticia! -agregó Ángela-. Creo que yo nunca hubiera podido trabajar tanto para otro.

-No sólo para otro, para la gula de otro inmensamente rico que ya no necesitaba más dinero, ya tenía todas sus necesidades vitales cubiertas.

-Sigo con la boca abierta…

-Siento mucho sorprenderte con ella abierta pero te vi desde que llegaste al salón y he estado tratando de acercarme desde entonces, amiga del alma, ¿cómo estás?

Era Esthela, compañera de primaria de Luz, su gran amiga, y estaba allí después de tantos años hospedada en ese mismo hotel y acercándose por la espalda.

-Pero Esthela estás igualita te reconocería en cualquier lado. ¿Hace cuánto que no nos vemos?

-Mejor no hagas cuentas y mejor pregúntame cuántos kilos he juntado desde la última vez que me viste, que esos sí me los he podido quitar un poco de encima pero los años no.

-Eso veo, te digo que no han pasado tantos porque te ves idéntica, hasta más guapa y sigues con el mismo estilo que siempre te distinguió.

No tardaron en comenzar un relato sin fin, ninguna acabaría de platicar cuánto había pasado desde la última vez que se vieron.

-Bueno, cuéntame ¿cómo está tu hija?

-Aquí está mi tesoro

Ángela se acercó un poco apenada por las palabras de su madre. Sentía como si le tuviera afecto la mujer a pesar de ser desconocida. No supo por qué le tomó confianza, pero se lo tomó. Sería tal vez porque le pareció agradable, daba la impresión de ser de esos adultos que siempre toman en cuenta la opinión de los jóvenes. Aunque la conversación no parecía variar mucho con los de otros encuentros de su madre Ángela se interesó en ella.

-Ves Ángela qué pequeño es el mundo, es mi amiga de toda la vida. Cuando lo planeamos no se pudo y ahora sin ponernos de acuerdo tenemos hasta este paisaje para conversar frente a él. Mejor no podría ser, es una de esas oportunidades mágicas en la vida.

La palabra era casi una clave para Gabriel, como una invitación secreta dándole a entender que a Luz le gustaba sacarle jugo a la vida y era eso lo que le daba tanta intensidad.

-Mira, Ángela ella es la visita que no irá a la casa a cenar como habíamos quedado. De manera que pasaban por casa camino al congreso, y yo que nunca me lo hubiera imaginado. Debimos habernos puesto de acuerdo y haber viajado juntos. No tenemos perdón, tan fácil que es hablarse hoy en día, prometo nunca más desconectarme de ti así. Nada me hubiera costado mantenerme en contacto contigo.

-Cómo lo siento yo también pero no te sientas mal, supongo que así es para todos. Ya cuando se tiene hijos y marido todo cambia y peor si se tiene un problema como el que tuve yo. Entre el trabajo y los niños y la casa, sí se acuerda uno de los demás pero no se tiene tiempo para estarle hablando a todo el mundo.

Ángela no supo cómo intervenir, no podía preguntar por su hijo, no podía decir que en el fondo había lamentado la cancelación, ni siquiera podía confesar que el sólo nombre del muchacho le había parecido interesante. Afortunadamente no tuvo qué preguntar por él, su orgullosa madre lo presumió inmediatamente.

-Casi no puedo creer que hallemos encontrado la oportunidad de platicar tan al gusto, si desde cuándo he querido ir a saludarte. Hijo ven a saludar a Luz tal vez la recuerdas –dijo llamando insistentemente al muchacho que estaba volteado conversando en otra rueda pero como no le hacía caso por el ruido en el salón continuó diciendo-. Parece que la oportunidad de vernos llegó sola, ni planeada podía haber sido más preciso nuestro encuentro.

-¡Qué bueno que vino tu muchacho contigo!

-Vino porque también va a exponer un trabajo. Aquí está -y le dio un pequeño jalón a una camisa de espaldas de un intenso azul arcaico, impecable, perfectamente guardada en un pantalón, suelto y oscuro que discretamente protagonizaba su personalidad.

Ahora volteado de perfil acabó de voltear con ojos bondadosos, color del tiempo, y vio estrictamente a Ángela sin quitarle la vista de encima. Coptado como imán quedó viendo fijamente hacia el frente para contemplar lo que a partir de ese momento relajaría todas las penas que le quedaran por vivir o causara los agravios que realmente le preocuparan de ahora en adelante. La carita de Ángela dictaría a partir de allí la sentencia del eterno retorno sobre todo hombre a su lecho por la noche. Julio volvería diariamente, siempre, desde entonces y en adelante a darle una vuelta, para estar seguro de que estuviera bien y sin dejar de querer estar con ella el resto de su vida.

La luz lo favorecía, el brillo sabio escondía su tono de miel y teñía sus pupilas de verde. Qué poco se imaginaba Ángela que ese momento sería inolvidable para ella. De un segundo a otro nada en la vida tendría el menor valor al menos que estuviera relacionado con esta persona aún extraña para ella, a la vez, absolutamente conocida por la importancia que ella le daba. Hacían dos minutos él no existía, no contaba para nada, es más Ángela había rechazado la oportunidad de conocerlo y por capricho. Podía insistir en mostrarles a sus padres que nunca le podían imponer una amistad en la vida pero lo pensó rápidamente y aunque hubiera querido mostrar indiferencia no pudo esconder lo que sentía, le nació la sonrisa que ofreció y sólo tuvo palabras para emitir un humilde saludo de mucho gusto.

-Cuál mucho gusto, si nos conocemos desde hace muchos años, yo sí me acuerdo de ti.

-Él se acuerda más de ti que tú de él porque es mayor que tú -añadió la mujer que estaba a su lado, quien en escasos cinco años aceptaría a Ángela en su familia en calidad de nuera. No le amargó el momento a su hijo ni mencionó cuánto hubiera disfrutado su padre de ese encuentro.

-Apenas caminabas, tergiversabas las palabras, lo cual es más mi Papá te remedaba porque parecía que tenías que calentar la voz para hablar y te atorabas en la primera sílaba repitiéndola varias veces para arrancar una oración -parecía que se comunicaban telepáticamente porque el muchacho no pudo dejar de recordar a su padre tampoco.

-Tan linda que eras, mi niña, es verdad que no podías decir una sola palabra sin tartamudear de chiquita -recalcó Esthela con el deseo de encantarla también.

Ángela no se sintió halagada en lo más mínimo. Lo que es más, creyó que se estaban divirtiendo a sus costillas y recibió la atención como burla. Con las mejillas coloradas miró fijamente a los ojos de su madre rogándole con la expresión para que no la tratara como a una niña chiquita. Luz entendió su suplicante mirada de inmediato y con toda prudencia rectificó su proceder pues sintió que se cumplía una profecía sagrada. Ella siempre había soñado con un hombre con el corazón de este muchacho que tenía enfrente para Ángela. Era sólo una fantasía, entonces, ni siquiera estaba en edad de pensar en algo tan serio sin embargo el presentimiento se presentó. Ángela le estaba pidiendo a gritos que diera la mejor imagen de ella posible.

-Ayer, justamente -continuó Esthela pero dirigiéndose ahora directamente a Luz-, te traje todo el día en el pensamiento acordándome de aquel día cuando nos llevó tu padre al campo y nos rodamos sobre las montañas de paja, metíamos hasta la cabeza en la paja para divertirnos. Te acordarás de los resbalones y los pisotones que sin querer nos dábamos y que un día hizo a tu hermano pelearse con Destello. ¿Quién iba a decir que íbamos a encontrarnos nuevamente?

-Ah, el que toma el mismo camino encuentra el mismo destino. Hasta los Tiraguas decían que si las aves son de un mismo plumaje, son parvada de un mismo andamiaje. ¿Julio qué gusto volverte a ver la última vez que te vi fue cuando cumpliste seis años y ahora dime qué haces?

Esthela no dejó a su hijo contestar, emocionada por el encuentro habló como endiosada madre defendiendo a su descendencia.

-Julio ya está en pediatría, déjame decirte que está becado por el Estado y que tiene la mesa puesta porque ha sido un alumno extraordinario.

-¡Mesa puesta le llamas a todo lo que trabajo! La semana pasada casi no dormimos, encima pasamos los últimos días y las noches en la Mecca Bíblica del Meridiano Central, si de hecho por eso íbamos a pasar a la casa de ustedes, aunque después de tanto esfuerzo creo que traigo la misma ponencia del año pasado y eso me destantea – y Gabriel se rió;

-Sé lo que se siente y es que a partir de que se toma el camino adecuado es difícil detectar los pequeños detalles que causan mucha diferencia. Seguramente que el cuestionamiento que hace tu madre te orientará, estoy seguro de que avanzarás más rápidamente. Me da gusto poder ver que trabajen juntos.

-Y no tiene sindicato que la defienda, la voy a dejar sin chamba muy pronto.

Julio sonrió, obviamente daba a entender que se ocupaba de su madre y la jubilaría llegado su momento con decoro, pero se puso colorado y lanzó la misma súplica que Ángela le había solicitado a su madre momentos antes. Él con sus velludos ojos, cubiertos de pestañas tupidas y cejas chinas, le rogó a su madre discreción.

-Por lo pronto hoy ya me dio mi primer día libre y me pasé todo el tiempo aquí en la playa.

Se acabó de romper la solemnidad eliminándose toda tensión con su broma. Luz no la alcanzó a escuchar, Esthela tampoco, ambas estaban muy retiradas de él y por el ruido no supieron qué dijo, pero Ángela sí lo oyó y Julio también se rió y su sonrisa fue suficiente para iniciar en Julio todo un proceso irreversible de sensaciones corporales propias de su virilidad.

-¿Oye Julio pero estás muy joven, para estar en pediatría, no? -Dijo Luz casi gritando por encima del barullo.

-Así es -añadió Esthela quien se sintió en el derecho de contestarle ya que le quedaba junto y era más probable que la oyera-, acaba de ingresar, éstas son sus últimas vacaciones y entra a la universidad acabando este verano.

-¿Y tú Esthela, en qué te especializaste después de que te recibiste?

-Me especialicé en derecho constitucional o derechos humanos como le quieras decir.

-Me acuerdo que te habías recibido como antropóloga de manera que le diste continuidad a los mismos estudios que venías haciendo, qué interesante.

Ambos grupos deseaban dividir la conversación, los jóvenes por un lado tuvieron temas comunes que ya no les interesaron a las viejas amigas en su reencuentro y aprovecharon la oportunidad brindada por el giro de la conversación que de hecho les permitió huir y hacer más privados los comentarios entre ellos. Luz sintió como relámpago la necesidad de consultarle a su amiga sobre la situación jurídica de Ángela. Presintió lo imprudente que era hacerlo. Trataría de preguntarle disfrazando sus preguntas de alguna manera pero desgraciadamente Esthela era demasiado astuta para ser engañada. En cuanto se retiraron los jóvenes y Gabriel entró a la discusión sobre la clasificación del pasado, Luz torpemente expresó sus inquietudes aunque trató de disimular de quién se trataba.

-Me imagino que vives abrumada de trabajo, por la investigación que realizas, claro, porque espero que no te estén quitando el tiempo las violaciones a los derechos humanos.

-No, ni lo manden los Dioses, nunca en toda mi vida profesional he visto una atrocidad de esa naturaleza, precisamente me dedico a la investigación casi en un plan de lujo social, reviso los archivos por curiosidad sólo para reivindicar los adelantos de nuestro sistema jurídico actual. Lo fundamental es desagraviar de penas a la humanidad no causarlas como los sistemas militarizados de la prehistoria. Espero que hayas visto las ruinas y no sé si te ha comentado

Gabriel que nuestros antepasados ya habían agotado el sistema de explotación despótica occidental para cuando explotaron.

-Eso fue lo que alcancé a observar hoy. Crees tú que pudiera algún día volver a haber un Estado condenatorio y castigador como lo había en la prehistoria guerrera.

-No, tenemos el Estado bajo control, hoy todos somos Estado y algún día todo el que es Gobernante será gobernado, o todos civiles o todos mandatarios, como dice el dicho.

-Pero si el Estado se reserva el derecho aún de privar de la libertad a un sujeto por terminar la pubertad a los sesenta años sin un orgasmo, aún es represivo.

-No pero el Estado está en la obligación de intervenir mucho antes y es su obligación no permitir que las cosas lleguen a ese punto. Un caso así sería realmente extraordinario hoy en día. Por lo menos desde que yo estoy en funciones y por lo que he leído no se ha dado un caso de Frigidez Innegable en los últimos KKID megatraslaciones.

-¿A ti te toca investigar esto en el instituto oficialmente?

-¿Sí, te interesa? Nosotros tenemos todos los censos y llevamos todos los archivos sobre el tema de los últimos KKID mega y giga traslaciones porque obviamente después del holocausto nadie apuntó nada por un par de siglos. Hubo que volver a empezar y volver a descubrir hasta la ley de la gravedad, como dicen, pero ya ves que sí se reconstruyó todo y se redescubrió y que para cuando pudimos descifrar los códices antiguos ya sabíamos todo lo que ofrecían de conocimiento. Los seres prehistóricos sabían cosas pero no sabían usarlas para su beneficio. Hasta un sofá era contraproducente, lo compraban para sentarse en él y para estar cómodos, pero pagaban tanto por él que tenían que pasar muchas horas incómodas para poder pagarlo. Hasta lo más superficial estaba entelarañado por un complejo sistema cuyos objetivos eran absurdos e iban siempre 'contra natura'. La creación del Estado

Hedonista refleja una construcción social, no un decreto, en otras palabras surgió de la cultura, no fue impuesto.

-¿Y dime Esthela desde el punto de vista jurídico qué me puedes decir sobre esta nueva idea del gobierno de licenciar a las personas independientemente de sí son tituladas o no?

-Bueno lo que el Estado está tratando de hacer aquí es deslindar una necesidad de la otra, porque cada día tenemos más orgasmo infantil pero el sujeto no está en condiciones de tener hijos aún mientras que por otro lado tenemos una juventud relativa que ya está capacitada para ser padre o madre de familia pero que no se han realizado sexualmente todavía. Lo primero es el resultado de algunas prácticas arcaicas aunque desde luego, no prehistóricas, de empujar a los niños a la autosatisfacción. Hoy en día, como eso ya no se usa sino, que se deja a los hijos tomar un camino más natural, más tardado desde luego, pero más satisfactorio, para encontrar no sólo el placer del individuo sino el de su pareja también. Ésta personas constituyen la mayoría de los casos de orgasmo tardío, que yo llamaría más bien maduro y que requieren de mayores estímulos pero porque se trata de personalidades más intensas también.

-¿Tú no estás de acuerdo con insistir en cumplir con el bautazgo, crees que es correcto abandonar una tradición tan arraigada?

-Mira yo creo que todo eso irá desapareciendo poco a poco porque esas tradiciones son muy lindas para quienes las pueden tener pero muy dolorosas cuando no salen los cosas como la gente quisiera entonces poco a poco tienden a desaparecer, por todas las excepciones que quedan descalificadas al no cumplir con los cánones de la sociedad. Con el tiempo la gente empieza a tomar lo mejor de ambos mundos. Ya verás que en el futuro los padres harán una gran fiesta sin forzar a las criaturas a que se toquen. Cada día son menos estrictos los padres y así debe de ser, en la medida en que se comuniquen mejor con los hijos y entiendan qué es lo que los inquieta, podrán ver que mejore el mundo. La cuna de uno es lo que forma el colchón de valores de su espíritu.

-¿Y tu hija, Esthela, no vino al congreso?

- No pudo ¿Desde cuándo no la ves? Desde que nos mudamos, verdad. Tenía apenas doce años pero ella los recuerda mucho a todos ustedes. Cómo siento haberme tenido que ir a vivir tan lejos de ti tanto que nos divertimos con los niños chiquitos.

-Y sí que te fuiste lejos. Cómo es el destino, un día nos juntó y nos hizo compañeras de maternidad y luego tuvimos tanto que hacer que ya no nos cruzamos hasta hoy y por casualidad. Cómo es la vida que nos junta o nos separa, porque todo puede cambiar en un segundo.

-Sí pero de todo el cambio lo único que extrañé fue a ti y tu familia porque no me asentaba el frío y valió la pena aplicarme un poco, dejar a mis padres e irme a hacer la especialización y como ya sabes encontré alivio allá dedicándome a mi trabajo –no tenía que añadir que se encontraba sola después de la muerte de Marciano y por eso se había tenido que ir a vivir todavía más lejos.

Luz no quiso recordárselo, de hecho se encontraba frecuentemente con su Mamá en la Academia. Todos seguían consternados a pesar de los años.

La muerte de su marido asentaba en actas una de las pocas muertes prematuras foliadas por el Registro Civil. Era casi increíble que una persona pudiera vivir una vida tan corta en estos tiempos. El padre de Julio había perdido la vida por una calamidad natural, era su destino recibir el golpe y dejó de haber un hombre en la casa de repente. Julio maduró, tal vez, más de la cuenta.

-Bueno, de tu hija ya no me acabaste de comentar nada.

-Es un encanto, ahora no viajó porque está a punto de dar a luz. Le faltaban escasas dos semanas para que llegue el embarazo a su término de manera que ya te imaginarás que casi no sale de su casa ahora.

-Está muy joven para tener un bebé, sólo tiene unos cuarenta y cinco años –dijo Luz francamente espantada.

-Pues sí pero ella ya vez que siempre fue precoz. Se Tituló muy jovencita, entonces, en cuanto se Recibió el Gobierno le dio su Licencia para casarse. Ella es muy ordenada y había encontrado el amor de su vida desde la normal superior, ya era justo que se casaran habían sido novios más de veinticinco años. A mi sí me dio gusto ver que encontrara a quien querer tan jovencita y pensé que no todos tenemos que vivir de la misma manera.

-¿Ella se Tituló muy niña?

-Como no te acuerdas de su bautazgo, si vivía Marciano todavía.

-Es cierto y mi padre también –agregó Luz asustada de ver que no se había acordado para nada de la ceremonia tan cálida que le hicieron a la niña. De hecho ella lloró de alegría. Lloró más que Esthela porque todavía no tenía para cuando existir Ángela, el bautazgo de Venus se realizó cuando apenas cumplía el año. Ángela llegó al mundo cinco años después. Esa fiesta fue única, y como hubo pocos invitados, todos muy orgullosos del éxito de la nena fue un suceso muy tierno y conmovedor. Finalmente lo único que importa en la vida es lo que nos conmueve, la apatía es más bien una enfermedad y ese día todos quedaron estimulados para encontrar la felicidad.

-Para eso son las ceremonias sabes, todos estamos obligados a compartir nuestra felicidad.

-Mira Venus es una chica que sabe lo que hace. Siempre ha sido muy madura, por eso confío en ella. No la quise presionar y no le cuestioné nada como aquellas vistanovelas morbocéntricas tiragüenses, o como los relatos épicos posteriores al holocausto. He estado revisando mucha literatura antigüa tanto prehistórica como posholocaústica y se ven puras tragedias de amor. El ser humano no encontró el amor hasta que estuvo en plena libertad. Ni el caos que precedió la explosión ni inmediatamente después de él hubo condiciones para encontrar el amor. Dichosos todos aquellos que envueltos en semejante adversidad encontraron la dicha de amar a alguien.

-Eso, en otros tiempos no se le daba al individuo la oportunidad de desarrollar su potencial, la capacidad del individuo se frustraba hasta agotar su empeño.

-Desperdiciaban el talento…

-… y alimentaban la farsantería, ayer en la gira vimos las famosas cortes donde se daba el arbitraje de sus riñas. De hecho el ser humano, si se le puede decir así, tenía hasta tribunales para aclarar sus pleitos.

-No eran para aclarar ofensas verbales eran para aclarar hasta agresiones físicas entre seres semejantes, lo cual es increíble porque las leyes contra ofensas verbales no se dictaron hasta hace, cuando mucho, unos mil años después del holocausto. Hasta entonces hubo cortes para apelar por una mirada mal interpretada. Muchas veces se acaba la disputa en ese instante con el careo de las dos partes. No cabe duda de que la sociedad avanzó bastante durante los siglos de reconstrucción eliminando una gran cantidad de fricciones entre los ciudadanos. Fue aquel famoso programa gubernamental que llamaron 'limar asperezas' y aunque se referían a las políticas, el pueblo en un acto de resignación populista adoptó la costumbre como proyecto propio.

-Así se estableció la costumbre del diálogo permanente.

-Así es y ya no sólo es parte de nuestra ideología es el sustento de nuestra evolución ideológica porque incide metodológicamente en la toma de decisiones públicas de manera contundente.

-Han madurado tanto nuestras instituciones, de hecho las leyes son sensibles a las necesidades de cada cual, ¿no crees? ¿Dirías que las cámaras se podrían volver reaccionarias algún día?

-No de ninguna manera, son más tolerantes que nunca, allí toda queja tiene su peso histórico.

-¿Y no crees que haya alteraciones en los permisos de matrimonio si alguien no está titulado por ejemplo?

-Ni remotamente. Hay permisos especiales para partos sin orgasmo previo porque se cree que el parto natural garantiza la obtención del orgasmo al perderle el miedo al embarazo. Lo fundamental en una mujercita es cuidar su virginidad, que se dé cuenta de lo que vale y lo cuide como el tesoro más grande de la creación.

-Pero qué si alguien se equivoca, yo sé que todos tenemos la obligación de ser felices, pero qué si no lo logramos.

-Piensa Luz que ya no son esos tiempos de la prehistoria en que se abandonaba a la gente a su suerte. Entonces sí, les podía pasar cualquier desgracia. Ahora no, para eso es el Gobierno. En estos tiempos nadie se queda sin titular, todos reciben su licenciatura en cuanto acaban sus estudios y titulados o no pueden casarse, tener hijos y alcanzar la plenitud. Las cortes son muy flexibles para eso. Las que son menos tolerantes son las madres, he visto casos de mamás que insisten en sostener las tradiciones a como dé lugar. Crían a sus hijas de una manera que uno creía ya no se daba, parecen del siglo pasado, como los personajes cursis de las novelas de Saturnina Fuerte Impulso. Ejercen una presión moral tan intensa sobre sus hijas, casi bebés, con tal de realizar un bautazgo a todo vapor. Ocupan salones muy sofisticados y hacen unas ceremonias muy ortodoxas, diría yo que más bien es de la Edad Media todo eso, es de bárbaros presionar a los hijos porque generalmente les dejan un trauma irreversible y todo por una fiesta. Cuánto mejor dejarlos sin tanto encajito y esperar a que sus cuerpos se desarrollen.

-Eso lo dices tú porque tuviste lo mejor de ambos mundos. Le hiciste un bautazgo espléndido, aunque fuera sencillo, pero más de una mujer debe perder la paciencia y realizar muchos actos de desesperación con tal de ofrecer una fiesta así.

-Tienes razón, pero luego las mamás son tan obstinadas que no sabe uno qué sea peor para la criatura. Hoy en día ya no se necesita ser titulada, con terminar sus estudios y recibirse. Ya licenciada puede casarse, y basta con eso, sólo tiene que ser menor de cuarenta y tiene que tener el Licenciado -añadió muerta de la risa.

¿Sería que le estaba dando a entender algo que no se atrevía a decir abiertamente? No parecía y aunque fuera así daba igual, ella le tenía la confianza suficiente hasta para consultarle el asunto directamente. Se contenía por que nunca imaginó el imán que se formaría entrelazando el espíritu de quienes se conocieron niños y aún crecerían juntos, y pasarían muchas horas antes de confirmar su unión. De un momento a otro, Luz, quien era todo para Ángela, dejó de ser lo más importante en la vida de su hija. De ahora en adelante importaría más un total extraño, a partir de entonces y para siempre.

-No cabe duda de que aunque seamos una civilización más humana aún tenemos problemas y tenemos que mantenernos alertos para detectar el daño que producen ciertas costumbres.

-Nunca estarán resueltos todos los problemas de la humanidad pero siempre hay que agradecer haber nacido en un tiempo histórico en el que los demás seres humanos son parte de tu civilización y nadie puede ser enemigo de ella. Es fundamental cuestionarnos permanentemente realizando un auto diagnóstico del desarrollo humano en general. Desde luego que la promulgación de la Ley de la Igualdad redujo drásticamente la desigualdad, y así como ese ejemplo hay muchos en la historia. Lo que tenemos que hacer primero que nada es recolectar esa experiencia.

Luz no sabía cómo recuperar el tema y sabía que hacía mal en estar insistiendo sobre él en ese momento aunque tampoco le hacía daño a nadie. Ni Esthela sabía por qué insistía ni Ángela tenía cómo percatarse del tema de su conversación. Al cabo que era una gran oportunidad para aclarar algunas dudas que verdaderamente la estaban atormentando pocas veces había tenido sentada junto a ella una experta abogada tan competente para consultarle sobre lo que le preocupaba. Ángela no sólo no la podía oír, ella estaba totalmente distante en cuerpo y alma pues se encontraba como poseída sintiendo la brisa del mar y la presencia de Julio por primera vez en su vida. Sintiendo, también, el rugido de las olas y la tibieza de la latitud, trató de iniciar una conversación;

-Afortunadamente no queda nada de aquel mundo tiragüense que visité hoy -cualquier tema era bueno, sin tensión no importa qué se diga o qué se haga, todo detalle es recibido de buena fe. Cuando dos almas se comunican hasta los errores son una oportunidad para tener contacto entre los amantes, en cambio, cuando los amores se desgastan cada favor es malagradecido. Ángela le podía haber dicho cualquier cosa que a Julio le hubiera parecido interesante. Formando un candado por la atracción que había entre ellos, aparecía ella ante él, virgen, y él lo sabía, pues aunque joven el obviamente curioso médico sentía su inocencia y lejos de querer abusar de ella todo el momento le daba sentido a una serie de obligaciones que hasta entonces sólo le habían parecido fastidiosas necedades de adultos.

Ahora contemplaba su cuello de cisne y cada palabra que pronunciaba lo hacía añorar ser el privilegiado hombre que se ocuparía de cuidar y consentir a esa muchacha, el único en llevar la cuenta de sus más íntimos secretos. A partir de entonces todas sus intensiones se volvieron planes para llevársela con él. Ella escuchaba el rugido cada vez más feroz del mar golpeando las piedras del cabo y consideró ese escenario el ideal para volver algún día, pero ella sola con Julio. De hecho, a partir de entonces, dejó de sentir miedo al alejarse de sus padres y por el contrario deseó estar sola con él plenamente en todo momento. Se imaginaba caminando por esa playa de Tierra Santa ya abrazada de él, oliendo el purificado olor del mar bravo recuperado, corriendo de playa en playa haciendo el amor bajo los rayos del sol, cosa que llegó a ocurrir casi como se lo estaba imaginando, porque, aunque, no fuera exactamente lo que se imaginaría, se daría, y así serían, de esa calidad serían, los recuerdos que recolectarían durante su luna de miel. Porque al estar contemplando ese paisaje Ángela no podía dejar de pensar en la posibilidad de disfrutar del sol y la arena libremente al lado de él. Siempre creyó que al pasar unos pocos años, los cuales pasarían lentamente, acabaría con una canasta llena de comida caminado hacia algún rincón solitario a la orilla de esta playa enredada con Julio.

Luz, quien tampoco pensaba que se estaba casando su hija de dieciocho años, se alejó de los jóvenes para dejarlos conocerse un poco, de manera que pudieran platicar a gusto, solos y entre ellos. Buscó a su hombre para conversar con él ya que Esthela había sido llamada por el comité organizador del congreso para afinar algunas cuestiones sobre el salón y el equipo que requería para su magna exposición. Poco se imaginó que de ahora en adelante la vida volvería a ser estrictamente para ellos como pareja en el mundo. Luz no sintió miedo, sólo sintió que la alcanzaba el tiempo exigiendo actualizar algunas costumbres para recibir la vejez. No sintió miedo porque de pronto se dio cuenta que Gabriel, quien era la única persona que de verdad le importaba fuera de Ángela, también se estaba haciendo viejo y que por eso ya no importaba. Por lo menos había alguien en el mundo que sabía lo se sentía y era su mejor amigo. Todo le hacía recordar aquellos magníficos consejos catalanes de la Madre Buita repitiendo siempre, incluyendo esa inolvidable vez que Luz tuvo la oportunidad de conocerla en persona-, lo único que importa en la vida es el amor entre un hombre y una mujer.

-He quedado atónita hoy al ver los restos esta mañana, sobre todo cuando pienso que ésta era la étnia más desarrollada de la era Tiragüense. Explícame una cosa, amor, ¿éste era un pueblo que se gobernaba aparte? -Le preguntó a su marido cuando lo encontró conversando en el salón con los demás ponentes.

-Entiendo que era un gobierno súbdito, o sea aparentemente era un gobierno independiente pero obedecía al coloso del norte que sostenía lo que ellos llamaban una globocracia. Oye, por cierto, ¿qué opinó Ángela de las ruinas?

-Ha quedado muy impresionada y yo igualmente al ver las reacciones de ella. Imagínate la carita de este pajarillo libertario en las jaulas humanas. Lo sórdido, lo cruel, la hicieron reflexionar, ahora imagínate sus ojos ante el mercado de empleados y luego en un establo de hembras humanas. Eso le enseñó todo lo que tenía que aprender. Por fortuna el guía no dijo nada sobre el sacrificio humano como en esa región y no habían sacrificios humanos el guía no mencionó los salones de ejecución e inyección letal. Menos mal porque ella hubiera sufrido realmente.

-Tenía que ver con sus propios ojos que el mundo no siempre ha sido como es ahora. Sabes es posible que a estas alturas del hemisferio se haya reducido el número de sacrificios humanos el cual parece aumentar más al norte. Sin embargo no se descarta la posibilidad de que dentro de estas aéreas restringidas el sacrificio haya sido algo tan común y corriente que no se guardaba el registro de ello. Aunque en el hemisferio norte sí han sido desenterrados varios salones de inyección letal y otras prácticas igualmente bárbaras.

-Me sorprendió ver que Ángela ya entiende las diferencias cualitativas de nuestra historia. Me decía en el camino de regreso que iba entendiendo que los problemas entre los seres de esos tiempos se derivaban de la desigualdad entre ellos hasta llegar al extremo de provocar el holocausto acuático que causaron, como afirma el apocalipsis, en los postreros días de la prehistoria.

Gabriel pensaba en el trabajo que había redactado y se asombraba de ver con qué claridad llegaba su hijita a las mismas conclusiones que él sin darle tantas vueltas, por eso admiraba a Ángela, al igual que a Luz.

-Tengo la esperanza de que se anime a elegir este lugar para su luna de miel, quiero que se entusiasme.

-No le des ideas y menos con este muchacho, no vaya a ser que se vaya a vivir al otro lado del planeta y no podamos verla más que de vez en cuando.

-Qué tiene, en todo caso iríamos y vendríamos y tal vez ellos pudieran vivir cerca de nosotros de todas maneras. Eso es lo de menos hoy en día.

-No te creas la distancia es distancia y no puede uno estar viajando todos los días. No hay como vivir con toda tu familia cerca para verse con frecuencia. Pero además Ángela está muy chica para alejarse de nosotros todavía estás pensando puras fantasías -dijo agregando unas cosquillas sobre sus aún resaltadas costillas.

Los jóvenes seguían caminando en la noche ahora por los pasillos de las ruinas por donde iban viendo las telarañas de colección que tenían más de doscientos años formándose. Al encontrarse con sus padres frente a las filas del bufete la familia se reunió. Se sentaron juntos para comer y se podría decir que la cena para Julio y Ángela fue amena si se subordinaran todos los aromas de la noche, y los tonos de la conversación a esa definición para ampliar su significado. La palabra, amena apenas se acercaba a describir el encanto que las espontáneas carcajadas gratuitas de Ángela tenían sobre él.

-¿Oye Papá y se tiene alguna idea de qué inició el holocausto en sí?

-Culparon de todo el desastre que había a una sola persona. Algunos lo llamaron la teoría del culpable solitario. Habiendo grandes grupos de expertos en todo culparon a un solo individuo que apretó equivocadamente un botón en un reactor nuclear de un pequeño pueblo en el cuadrante superior del continente llamado Campo Primaveral. Pero culparon a un inocente cuando estaban cuajados de arsenales y cubiertos de pólvora, todos los misiles del mundo apuntaban hacia ellos como al centro de un tiro al blanco.

-Por eso desaparecieron por completo.

-Por eso desaparecieron sin misericordia. Se perdió todo rastro de vida humana en el cuadrante superior inmediato. No sería justo juzgar si eran más o menos humanizados puesto a que no quedan vestigios de nada sólo se sabe que fueron los culpables del holocausto y creyéndose los más evolucionados resultaron ser los más vulnerables. Tanto se protegieron que desaparecieron de tantos reactores que tenían activos.

-¿Dime, vida, qué exactamente pasó allí donde estuvimos hoy a las faldas del Popo, por qué quedaron restos?

-Bueno allí implotó la tierra, no explotó. De hecho toda la ciudad se hundió, el valle se colapsó y se derritió el hielo de los volcanes enfriando el plástico derretido por la explosión formando una gran burbuja con seres humanos adentro realizando sus actividades como se encontraban en ese preciso momento. Como en Pompeya, ¿te acuerdas de las ruinas de Pompeya?

-Cómo ha cambiado el mundo. Me pongo a pensar qué tan terrible podía ser algo tan sencillo como un embarazo en esos tiempos.

-Tenían formas de cuidado corporal muy extrañas, ni siquiera se desinfectaban. Por eso morían tan jovencitos.

Gabriel reflexionaba sobre ese mundo sórdido de esa étnia en específico, que sí dejó restos para ser estudiados. ¿Sería realmente que tenían menos reactores porque eran más evolucionados? O sería cierto lo que alegaba tanto Filis, si hubieran podido tener igual cantidad de reactores los hubieran tenido. Había otras expresiones humanas que hacían pensar que sí tenían un desarrollo cultural superior a muchos otros grupos tiragüenses. Éstos parecían tener algunas prácticas acertadas en lo que respectan los cuidados del cuerpo humano y había más de una prueba contundente que confirmaba que sí había algunos seres plenamente felices entre ellos. Lo que es más la estadística arroja datos sorprendentes sobre la región mostrando un alto contenido de residuo orgásmico en las excavaciones arqueológicas más recientes, en comparación con otros grupos tiragüenses, pero no como entre nosotros, claro está.

Éste era de los pocos grupos tiragüenses cuya construcción social permitía el orgasmo de manera repartida. De todas maneras, por evolucionado que fuera este grupo ¿quién sabe qué podía ser vivir durante el obscurantismo nuclear y querer ser feliz? Gabriel pensaba y se alegraba de haber nacido en un tiempo tan avanzado. ¿Cómo podía ser la vida en esos tiempos tan inseguros? ¡Era un peligro salir de la casa! Todo para que unos tuvieran más que otros, siendo que todo alcanzaba si se hubiera repartido parejo.

Sus propias palabras precisaban sus conclusiones, subrayaban los factores básicos intuidos desde el principio de su investigación; los Tiraguas se habían extinguido por la desigualdad entre ellos. Todo lo demás era casual, hasta lo descubierto por Remanini en cuanto al caso de las hembras deformadas del desierto era el resultado de la desigualdad no de la ignorancia. Sí sabían lo que hacían, sabían que les hacían daño a sus mujeres pero lo hacían. Se vuelve de nuevo al revesísmo de Tonson puesto a que si el único propósito de la vida es la supervivencia de la especie y un camarada de ellos llamado Darwin así lo dijo, entonces por qué hacer cosas que pusieran en jaque la preservación de la especie. Nada resultaba claro salvo que se entiende que la inútil lucha de algunos en esos tiempos por construir un mundo mejor debe haber sido muy frustrante.

Terminada la cena se dirigieron hacia sus recámaras, y Ángela honradamente parecía sonámbula. Sus padres quedaron dormidos al acostarse inmediatamente. Tantas emociones los había agotado, pero Ángela no durmió. Fue la primera noche de su vida que pasó despierta, sin inquietud ni angustia que se lo hiciera difícil, sin embargo pudo resistir el sueño hasta la madrugada.

Al día siguiente Luz tuvo la sensación de que Esthela le había divulgado sus inquietudes a Julio y jamás se perdonó haber hecho comentarios innecesarios que pudieran haber incomodado a Ángela. Aunque parecía que circulara un secreto entre ellos Julio se veía más entusiasmado que desalentado por los imprudentes comentarios de Luz. Le quedó la pequeña sospecha de que Esthela pudiera haber creído que le hablaba de su propia insuficiencia y no de su hija. Ángela no parecía percatarse del detalle, de hecho no estaba enterada ni tenía por qué estarlo, ella sólo pensó en la primera noche de su vida que no la venció el sueño. A partir de su despedida después de la cena sólo le quedó una inquietud, ¿cuándo se volverían a ver? Y como cuando el amor se incendia así no alcanza el tiempo para estar juntos Julio pasó a partir de ese momento todo segundo que pudo de su vida al lado de Ángela a quien jamás se cansó de ver, o de oír, o de cortejar. Luz no supo si arrepentirse de su torpeza o si alegrarse por haberse confesado porque Ángela declaró en ese momento qué tan exitoso había sido el encuentro.

-Nunca me imaginé que se tratara de un muchacho tan hermoso. La que se lo lleve se lleva un tesoro.

-Imagínate esa maravilla con un futuro tan prometedor por delante para consentirte a ti solita.

-Otra vez dices la pura verdad, jefa –contestó la, ya no tan niña de Ángela, riéndose.

En todo el segundo recorrido que hizo a las ruinas Ángela parecía no verlas, su imaginación estaba ocupada y orientada por otros intereses. Gabriel se había imaginado las ruinas muchas veces pero no se parecían para nada a las imágenes que había visto de ellas. Luz volvió a sentir el entusiasmo del día anterior al acompañar a Gabriel a atestiguar el desastre. Apenas pudo asimilar lo que veía. El sórdido encanto del morbo la incomodó. Ver aquellas escenas fosilizadas era para ella como entrar a una cámara de la inquisición y ver que realmente existió una vida así. Sobra decir que a Luz se le erizaba la piel a cada rato. No pudo dejar de notar que adentro de las viviendas se veían una serie de objetos sueltos, algunos pegados a la pared y otros por encima de los muebles.

-Gabriel, ¿qué son esas cositas que no alcanzo a ver bien?

-Acércate, no te pasará nada, puedes acercarte a la burbuja sin miedo. Son adornos, los Tiraguas competían hasta en la acumulación de adornos, procurando acumular los más exóticos.

-¿Para qué hacían eso Papá?

-Para olvidar su aburrimiento y su vida tediosa, como llegaban a casas que no les gustaba estar con gentes que no querían, tapaban su tragedia con cosas bonitas.

-No se me hace tan perverso, no para el mundo tiragüense.

-Pues no, es de lo poco que le han dejado al mundo, esa forma de desahogarse inventando objetos, pero los objetos con alto contenido de expresión humana deben de estar en los parques, en las plazas y en los pasillos públicos. Fueron finalmente como todo en la cultura tiragüense, manzanas de la discordia, puesto a que acumulados en casa se prestaban a fomentar la desigualdad más que en estimular al ser pensante. El arte debe de estar siempre donde lo podamos gozar todos porque como expresión humana si está encerrado en una habitación es imposible que le exprese nada a nadie y entonces ¿para qué lo queremos, dime?

-Para nada, tienes razón sería volver a la barbarie retroceder hacia el desequilibrio social.

-Es como todo -interrumpió la cátedra Luz-, si se presta a la desigualdad no lo debemos anhelar y punto, porque para toda acumulación hay una pauperización de la misma intensidad en sentido contrario y en detrimento de la vida. Antes se creía que esa fórmula sólo le correspondía a las leyes físicas, según Newton claro, pero hoy en día se sabe que es una ley social inevadible.

Ángela quería hablar de Julio pero no se atrevía. Quería iniciar una conversación que encaminara sus padres a decir algún detalle sobre él. Le ganaba su curiosidad, controlaba el hilo de su pensamiento por completo.

-Ayer noté que Esthela escribe su nombre con 'h' en medio y yo siempre creí que se escribía sin ella. ¿A eso te referías el otro día cuando hablabas de las pruebas de la asimilación de las culturas en las palabras?

-Exactamente ése es un caso claro de una palabra que contiene elementos Bíblicos. Otras son de origen Koráhnicos y hay muchos otros orígenes detrás de este mundo tan lejano.

Gabriel pensaba sobre él y de nuevo se llenaba de empeño. Qué difícil vivir en un mundo de angustia continua, como decía Tonson, 'bajo la presión de una olla exprés social', sistema, que cuando era cuestionado 'botaba su válvula de escape por la presión interna causando un estallido social'.

-Por lo visto las palabras no sólo tienen diferentes orígenes sino diferentes formas de evolución además parecía que Ángela realmente había asimilado la lección.

-Así es, porque contrarios a los cambios por yuxtaposición son los causados por una intususcepción, siendo que el primero ocurre en los elementos inorgánicos mientras que la intususcepción es un fenómeno característico de lo orgánico estrictamente. En otras palabras es algo que tiene que ser asimilado por un organismo.

-Las etimologías dan información de lo que ya no somos. Por ejemplo, seguimos usando la palabra escritorio cuando desde la prehistoria computamos no escribimos y sin embargo no tenemos 'computorios'.

-Tampoco tenemos 'calculorios' -añadió Luz, entrando a la diversión-, siendo que usamos las palabras para calcular todo y sin embargo, todavía decimos que estamos escribiendo no calculando.

-Luego está el ejemplo del color azul rey, que desde el holocausto se llama azul arcaico de manera que también hay influencias históricas culturales detrás de la evolución de los términos.

Ángela tomaba, sin ofenderse, las lecciones de su padre, estaba acostumbrada a ello, de hecho, escuchaba la cátedra sin brindarle la atención debida. Por fortuna se sabía el discurso de memoria y la salida de ayer la había dejado aclarar el sentido general de cuánto le había dicho su padre toda la vida. Ella estaba allí, oyendo la conversación pero a la vez no estaba allí. Tampoco quería ofender a su padre sólo que su mente volaba. Julio la había rosado varias veces y milagrosamente ella no necesitó más para no dejar de pensar en él ni en este aleccionador momento. Allí y en todos los puntos que volvió a recorrer la populosa excursión, Ángela prestó la menor atención posible al sitio arqueológico. Fue un error ir. Tal vez hubiera podido convencer a su madre de que la dejaran atrás o mañana tal vez lo logre convenciéndolos de que se fueran ellos solos para ver los archivos sin prisa. Ángela preparaba planes, extrañaba a Julio y sólo quería que acabara la excursión para regresar al hotel y encontrarlo.

-¿Por qué no vino su hijo Señora? -dijo develando su secreto, cosa que no debió haber hecho porque se sintió intimidada por las miradas que le cayeron encima.

-Tiene que exponer mañana y está nervioso. Ya sabes es una vil sardina entre tantos tiburones.

Qué curiosa expresión había usado su futura suegra. Los tiburones ya no existían, se los habían acabado los Tiraguas. Agradable siempre, se parecía a su hijo y qué chulo estaba ese hijo. Durante la excursión y después de ella, Ángela tuvo esa sensación de que alguien estaba allí permanentemente y que cuando no estaba sólo añoraba que estuviera. Toda esa tarde y al día siguiente, así como durante la impostergable visita al archivo y aún durante la ponencia de Julio, Ángela no pudo concentrarse en algo que no fuera fabuloso, fantástico y producto de su imaginación.

Por la noche de regreso al hotel Ángela se arregló y bajó rápidamente a los pasillos de la entrada. Julio no apareció, no antes que sus padres quienes se sentaron a tomar algo en una mesa viendo el mar. Reunidos así, por la noche después de la gira, se encontraron varios colegas sentados con ellos frente a las olas nuevamente.

-Fuiste a las ruinas por segunda vez, verdad Luz -preguntó Destello iniciando la conversación-. ¿Qué te parecieron esas ruinas tan atroces a ti, Gabriel? Me gusta oír la primera impresión de la gente, los comentarios frescos revelan detalles sorprendentes.

-En primer lugar comprobé la acertada fórmula de Paks que dice 'tiempo humano igual a mercancía', de verdad que claramente se palpa en resumen ante el escenario del deterioro tiragüense. Ya te imaginarás que yo percibo ante todo el vaivén del hito ético detrás de toda mañosa obra como lo describe Lefretz, cuyo esquema se subordina a todas luces al revesísmo de Tonson. Uno no puede dejar de preguntarse por qué llegarían a ese grado de proceder tan absurdo. Llegaron a maltratar los bosques, los mares y encima lo que para mí es lo más importante de todo estructuraron un sistema de prohibiciones tales que desde el punto de vista holista garantizaba la frigidez. Ver la catástrofe de cerca me ha permitido acercarme a ellos para tratar de entenderlos mejor pero menos los entiendo. Llegaron a prohibir plantas medicinales y hasta ciertos tipos de flores, como si ellas le hicieran daño al planeta. La persecución de las flores fue armada, matándose unos a otros por comprar, vender y prohibir las flores. De nuevo sólo encuentro síntomas de desquiciamiento y cada suceso resulta ser un acto contra el sentido común.

-Simplemente con ver lo que hicieron con el agua. Todo hace pensar entre los tubos, los canales y sobre todo las pruebas del carbono que son contundentes, de que existían raíces sobre las orillas de las grietas en la tierra y comprueban a su vez que el vital líquido existía abundantemente, de hecho corría libremente sobre la superficie, gratuitamente. Por lo visto no requería los cuidados de hoy. Quedan, como se puede observar, rastros de vida humana, es de suponerse, si desde que se demostró la existencia de canales del vital líquido al aire libre se sospechó que habría sedentarización humana asentada en sus orillas, pero nunca que lo usaran para descargar deshechos. Dejaron de ser ríos y se convirtieron en drenajes. De hecho, los Tiraguas dejaron escapar al precioso elemento por las cicatrices resecas de la tierra llenándola de materia inorgánica.

-¿Pero en tu ponencia afirmas que el desastre fue del orden espiritual no físico? –Señaló Destello que parecía caja registradora de toda sílaba utilizada y llevaba el recuento del congreso en la cabeza.

-Sí, claro, creo que los mató el tedio no la sed. Ya no inventaban nada, sólo copiaban imágenes recibidas a través de los llamados medios abusivos de comunicación. Olvidaban que se adquiere una conducta por medio de la 'mímesis' de la misma manera que se aprende el alfabeto, así aprendían a secuestrar y a torturar para después extrañarse de que hubiera torturadores. Al acumularse la frustración los Tiraguas buscaban emociones fuertes para descargar su organismo de la saturación de hormonas, pero desgastada el alma y saturado el cuerpo sus instintos los traicionaban. El placer los llevaba pronto al displacer, los excesos dejaban huellas visibles cuando enfrentaban la cruda realidad al día siguiente.

-Pero ellos no encontraban esto algo intrínsecamente perverso.

-No porque el placer producía confusiones, al sentir placer no podían entender lo intrínsecamente perverso escondido dentro de sus actos. La forma de presentar las escenas era engañosa, se escondía el displacer detrás del placer y no se notaba. Esto los llevaba a realizar actos sentimentales sin sentimientos y se suicidaban después porque se sentían vacíos. No veían que su ideología emanaba de los círculos viciosos de la era esclavista de los primeros tiragüenses, pues habían logrado el mismo nivel de abuso a través del dinero. Sobre todo a través de un mecanismo que llamaban de acaparamiento por medio del cual unos pocos escondían las monedas de todos en cajas fuertes. Sólo ellos tenían acceso a esas cajas dejando circular menos monedas de las que se necesitaban. Después tuvieron que golpear a la gente para que trabajaran y para eso usaban las jaulas humanas para asustar constantemente a los que no trabajaban de manera que intimidados trabajaran lo más posible.

-¿Crees que es inútil estar investigando la región?

-De ninguna manera, tenemos que reconocer cuánto hemos aprendido de ellos y cuánto nos han enseñado. Simplemente toda nuestra herbolaria tiene orígenes tiragüense y hablo del cuadrante que visitamos hoy. Nuestra lengua y más elementos de la vida diaria datan de remotos tiempos también. Lo que ha cambiado indiscutiblemente son las intenciones y formas de usarse, porque hasta los más primitivos tiragüenses hacían un esfuerzo por aprovechar el vital líquido, pero como era una sociedad orquestada para devastar al mundo el que cumplía con su trabajo cumplía con la devastación del planeta.

-Piensas que todavía hay mucho que aprender de ellos, entonces al seguir apareciendo misterios cada pregunta hace tu investigación más trascendente.

-Así es, los hallazgos de ayer se cambian por los de hoy al cambiar las premisas elementales que estructuraban las teorías en otra hora vigentes. Tenemos que recapitular sobre la cultura tiragüense y no todo lo que muestra es negativo. Nuestras técnicas de consulta médica provienen de ellos. De sus jardines obtuvimos la herbolaria que necesitábamos para mezclar nuestras vitápsulas, y tan trascendente ha sido su legado científico que marcó un cambio instantáneo y brusco en el criterio de todo terapeuta actual, radicalizando a algunos grupos al grado de fundar escuelas como la vitapsular, unos extremistas que tomaban su vitápsula temprano y estoicamente sostenían el ayuno por el bien del planeta.

-¡Qué exceso! –Intervino Ángela quien no había querido interrumpir a su papá en lo absoluto.

-Estamos claros en que se trató de un grupo humano sumamente primitivo –continuó Gabriel.

-¿Entonces difieres de toda esta corriente que alega que nuestras instituciones tengan su origen en las de ellos? –preguntó Destello que parecía estarlo entrevistando.

-Alego que no tienen nada en común puesto a que los caracteriza otra dinámica totalmente. Al haber otra intención práctica, humanista, detrás del aprovechamiento de los recursos naturales hay otra relación con la naturaleza. De hecho me atrevo a decir que se desprende una mística muy diferente, no de una que reniega de la naturaleza y procura acabar con ella sacando a ésta de la esfera de lo divino, sino una incluyente como hubo en tiempos de la prehistoria en las regiones llamadas Atlántida Antigua de América y las orientales donde Dios y la naturaleza eran uno y lo mismo. Vestigios muestran que eran congruentes ideológicamente con el trato real que le daban a los elementos naturales sólo que no sobrevivieron porque los gases tóxicos de la explosión se asentaron sobre sus bellísimas montañas, estancándose y eliminando esta avanzada cultura del planeta.

-Quiere usted decir que aunque fueran devastados como el coloso del norte desaparecieron por los diferentes efectos de la explosión.

-Eso, por lo que no podemos creer que de allí provengan nuestras tradiciones tampoco. Ellas cumplen hoy funciones muy diferentes y sólo conservan su nombre antiguo pero nunca encierran el mismo concepto. Son las mismas palabras pero su definición actual confirma que tenemos nuevos criterios. Algo tan arraigado en nuestras tradiciones como el Bautazgo que muestra que ya no se pueden considerar separados el cuerpo del alma, se han integrado los conceptos de salud mental con salud corporal como se han vuelto uno y lo mismo la religión y la medicina. Desde que se unieron han cambiado mucho los esquemas para obtener diagnósticos certeros.

No hubiera mencionado la palabra Bautazgo porque a la jovencita se le canceló la sonrisa. Hasta entonces se dio cuenta Gabriel de que sí sufría Ángela cuando alguien mencionaba el tema. Conocer a Julio sin poder ofrecerle su confirmación aún la tenía inquieta. Gabriel, preocupado por ver la respuesta de la niña le dijo a Luz en cuanto se encontró solo con ella;

-Debemos ayudarla porque sí puede, todo el mundo puede, pero hay que orientarla poco a poco, sin presionarla y lo más probable es que todo cuaje algún día para que haya boda entre nosotros y esta familia tan encantadora.

A pesar de todos los consejos de tranquilidad que le daban, Ángela se empezaba a alarmar. No era rencorosa, ni tenía mal comportamiento, no podía recibir una condena. Si la ley establecía los cuarenta años como la edad límite para confirmarse era por algo, seguramente que nadie llegaba a la pena de muerte en estos días. Ángela aprovechó un hueco en la conversación de sus padres para preguntarles discretamente;

-¿Papá, a qué edad te casaste?

-A los cuarenta, ¿por qué?

-¿Por qué tardaron tanto en tenerme, entonces?

-Para que tu Mamá acabara sus estudios estaba muy jovencita todavía no cumplía ni treinta traslaciones y…

-¿Y? -Era obvio que su papá le escondía algo. Ángela sintió que no sólo él le guardaba un secreto sino ella también.

-Bueno tu mamá acabó sus estudios muy jovencita y obtuvo su licencia pero no, no, no…-Era obvio que Gabriel titubeaba porque le costaba trabajo decir lo que le tenía que decir a su hija-, no se había titulado todavía.

-¿Y a qué edad te titulaste mamá?

-Ya que habías nacido o sea hace exactamente diecisiete años.

-¿Y crees que fue muy tarde?

-Más vale tarde que nunca, además yo sufrí de frigidez, cosa que ya no existe, pero tú no pienses en eso. Lo que tienes que hacer es vivir tu vida y disfrutar tu sexualidad cuando el momento llegue con el padre de tus hijos para que nunca se separen. Así lo mandan las sagradas escrituras y los sacramentos por algo son.

-¿Todavía existía la pena de muerte cuando se conocieron?

-Existe aún pero ya no se aplica además tampoco soy tan viejo, ¡Eh!

-Pareces tiragüense a veces, hablo en serio, no se podría volver a sentenciar a nadie.

Gabriel se río antes de contestar;

-No de ninguna manera, lo que pasa es que nadie se lo ha merecido en milenios, ¿por qué te preocupa? –Ángela se entristeció y no supo cómo preguntarle a su padre lo que quería saber.

-¿Bueno, qué si alguien es vano aún al cumplir sus cuarenta traslaciones?

-Mi hija, ya no te angusties por eso, ya no le pasa eso a nadie, no hay un solo caso registrado de Eutanasia Estatal desde hace por lo menos dos milenios, y recuerda que para entonces la humanidad sí sabía leer y escribir, los gobiernos por lo menos llevaban la cuenta de sus barbaridades.

-Las autoridades de entonces -siguió Gabriel-, consideraban que se corría un gran peligro al no atender a un ciudadano a tiempo. Para entonces ya era su responsabilidad garantizarles el orgasmo. Había castigos ejemplares que ya no existen por fingir un orgasmo por ejemplo, porque el Estado extendía una primera licencia pero ya no la verificaba nunca siendo que la había otorgado en vano. Corría el peligro de tener gente acreditada que no estaba debidamente entrenada, por lo que tuvo que rehacer toda su política de población.

-Claro que ya para entonces el Estado cometía errores –continuó-, o sea que se equivocaba a veces pero había actuado de buena fe, por lo que era crítico y rectificaba su camino de inmediato. El Vandalismo de Estado desaparece propiamente con el Holocausto y con ello desaparecieron los actos vandálicos en general porque ya no los cobijaban quienes debían de combatirlos. Como se encontraban en complicidad los policías y los ladrones a veces unos la hacían de policías otras veces de ladrones sin ningún criterio o escrutinio ya que no se le exigía ni al niño jugar juegos consecuentes con sus actos. Tenían hasta juguetes bélicos sin código ético alguno y las criaturas jugaban a ser de un bando hoy y de otro mañana sin que ningún adulto supervisara el juego infantil.

-Con decirte que las criaturas aprendían hasta un lenguaje bélico y las madres seguían atendiendo sus asuntos como si nada –añadió Luz francamente escandalizada-. No se sabe exactamente a qué jugaban los niños tiragüenses. Se ha tratado de estudiar la crianza de dos hermanitos llamados Aritzmendi* pero los expertos no han encontrado qué canciones de cuna pudieran haber escuchado.

-Pero yo no hablo del pasado, no entiendo para qué se tiene una ley que ya no se aplica.

-Bueno, esa ley sí es aplicable, o sea sí se aplicaría si fuera necesario, lo que te estoy tratando de explicar es que ya no se dan esas cosas, simplemente no se llega a ese grado.

-¿Ni si se tienen cargos de frigidez?

-No eso se atiende de muchas maneras y es que esa ley en particular conmuta la responsabilidad que provoca al Estado que la dictó, es decir, existe la pena de muerte porque de darse un caso extremo eso quería decir que fallaron todos los recursos de la humanidad y por lo tanto es el Estado el castigado por lo que perdería a uno de sus ciudadanos. El Gobierno tiene la obligación, por tanto, de obtener resultados positivos porque de no ser así perdería a todos sus ciudadanos y dejaría de tener sentido como Estado. El único recurso que tiene el Estado para seguir gobernando es el de satisfacer las necesidades de la gente.

-¿Pero qué pasa si alguien simplemente no alcanza a venirse? –Preguntó ya un poco desesperada por no llegar al punto que quería.

-Es imposible, eso te preocupa a ti por tus escasos años de edad, como tu mente vive volando, pero te aseguro que cuando tengas hijos aterrizarás. No hay nada alarmante en el hecho de no conocer el orgasmo a tu edad, sigue todas las instrucciones que te den en tu taller, obedece todas las reglas de la catequesis y tarde o temprano te vendrás.

Inmediatamente le llegaron a la mente todos los consejos de su abuela que siempre sacó el tema en cuanto la veía. Tampoco ella pudo registrar un orgasmo antes de los veintisiete años. Claro que eran otros tiempos los sistemas didácticos eran menos eficientes. Ella más que nadie animaba a Ángela contándole su experiencia, platicándole como a partir de entonces su vida cambió, ya no se sintió desplazada, como pollito en corral ajeno, decía, sobre todo entre tantas muchachas tan privilegiadas como las que ella frecuentaba. A su hermana, Piedra, tía abuela de Ángela, obviamente, le hicieron su primera presentación al año y medio de nacida y su confirmación fue mucho antes de alcanzar la pubertad. Titulándose alguien tan joven tiene muchas ventajas y el mundo a su disposición ya que para los jóvenes titulados hay becas y muchas oportunidades de trabajo.

-Lo único que yo te puedo decir hija es que el Estado no ha ordenado una ejecución de eutanasia en mil años, todas han sido voluntarias por evitar el dolor. Esos tiempos ya se acabaron. Te veo muy angustiada por nada, no me agrada y me gustaría que vieras a alguien profesional, al Padre Mundo por ejemplo.

-He pensado en él y no me disgustaría verlo. De niña me ayudó muchas veces y siempre ha tomado en serio mis problemas. Me sabe la medida a veces me oye y a veces me regaña pero se lo aguanto porque siempre tiene razón.

Entrando por un lado de la sacristía del templo, Ángela volteó hacia su madre suplicando un perdón que no debía. Avergonzada de su fracaso y ávida de palabras consoladoras volteó hacia su madre y le dijo;

-Hay que olvidar estas presiones sociales Mamá, total no tuve Bautazgo ni quiero una confirmación pomposa, quiero a Julio y con eso me basta para ser feliz.

-No te espantes, ni has hablado con el Padre todavía, lo que importa es que te relajes y con el apoyo de él lograrás tu confirmación, ten fe.

-Buenas tardes –dijo el Padre Mundo al verlas en su oficina.

-Buenas tardes -contestaron en coro.

-Padre espero no estar quitándole el tiempo en mal momento.

-De ninguna manera, ¿qué más pudiera tener que hacer que fuera más importante que platicar con ustedes? ¿Díganme qué las trae por aquí hoy que no hay ningún evento en el templo?

-Bueno yo le he insistido a Ángela que venga a platicar con usted sobre el sentido de la vida. Casi prefiero dejarlos solos para que platiquen a su gusto.

-¿Bueno no sé Ángela qué opina?

-En realidad no me molesta que esté mi mamá, no hay nada qué decir que ella no sepa. Ella sabe que no me he realizado aún y que eso es lo que nos trajo aquí, quiero mi confirmación y no he podido obtenerla.

-¿Pero vas a tu catequesis, verdad?

-Sí claro.

-¿Sí asistes regularmente?

-Desde luego.

-¿Dime la verdad te tratan bien las hermanas o no?

Ángela se rió y contestó inocentemente;

-Naturalmente que sí Padre.

-Porque si tienes alguna queja es tu oportunidad para darla.

-No me quejo, Padre.

-Bueno, no puedes estar teniendo muchos problemas entonces, allí te deben de estar enseñando a amar todo lo que hay para amar en la vida.

No tardó Ángela en sentirse reconfortada, fue buena idea acudir a él que oía sinceramente a la gente, no tenía orejas falsas, sino que era delicado porque entendía las cosas. El Padre Mundo sabía que su tarea era muy importante, como la gente se hacía su amigo fácilmente le confiaban sus intimidades. No podía haber una tarea más delicada que la de incidir en el espíritu de otro. Por lo pronto él sabía que tenía la obligación de tranquilizar a esta niña. Calmarla, y luego convencerla de que la felicidad existe, que está allí, tocando a su puerta, pero sólo la encontrará si voltea a verla humildemente y descubre que allí es donde siempre ha estado sencillamente a su lado.

-Bueno es que eres una niña aún y lo que tienes que hacer es amar la Divinidad demostrándolo con cuidarte, estudiar, obedecer a tus padres. Ya lo sabes, te conozco desde niña. Ahora preocúpate por ti, para eso es la adolescencia y les quitarás un gran peso de encima a tus papás. Ellos con verte feliz ya están realizados. Ahora te toca a ti, aprende a hacer lo que te gusta y deja que el amor te llegue como es natural. Deja que tu belleza proteja a tus hijos para que su padre quiera estar cerca de ti siempre y cerca de ellos. Temo que a veces hay que enfrentar la sociedad y las tradiciones. Las mujeres como ustedes rompen esquemas innovan ideas y así tiene que ser porque hay que ir abandonando las tradiciones y las costumbres que no sirven pero hay que detectar que no sirven primero. Tú no eres una madre anticuada, Luz, de esas que viven forzando a los hijos para que sean perfectos y es que no hay por qué hacerlo. No es justo para el joven que tiene derecho también a equivocarse, entonces cuando la gente como tú rompe con esquemas ortodoxos hace a algunas costumbres nunca antes cuestionadas, parecer rituales arcaicos.

-De haberme imaginado que tenía realmente con quien platicar sobre mis cosas, hubiera venido antes.

-Por algo no lo hiciste, se tiene que intentar resolver los problemas sin ayuda primero, pero la eucaristía tiene sentido y desde la antigüedad. Nos la auto imponemos porque exigimos una convivencia que nos permita vernos a los ojos para aconsejar a los jóvenes enfrentándolos con los retos que ellos mismos se imponen de manera que encuentren su camino y procuren obtener su felicidad.

-Pues tal vez tenga razón pero creo que hubiera podido tomar las cosas con más calma.

-Tómalas con calma, no pienses en ello. Concéntrate en tus obligaciones y dime ¿tienes algún enemigo?

-No, de ninguna manera.

-¿Y qué quieres ser de grande?

-Mamá.

-¿Y te imaginas despierta haciendo algo en especial, algo que no haces en la vida real?

-A veces.

-Bueno cuidado con soñar despierta, trata de realizar esas fantasías, suelta tu imaginación procurando que te sirva de algo para no perder el tiempo. No tiene nada de malo llenarse de ilusiones el problema es no decepcionarse de que no se cumplan y si tú procuras volverlas realidad habrás proyectado tu vida en función de tus sueños. Es cuestión de creer en ellos y realizarlos pero cuidado con las desilusiones, cuidado con lo que sueñas, se te puede cumplir.

-Suena fácil, haré lo que pueda se lo aseguro, Padre, pero a veces me equivoco.

-Pero lo reconoces, si lo reconoces maduras y aprendes, si no lo reconoces cada golpe será en vano y te puedes acabar, la vida es muy cruel si no se vive madurando a cada instante.

-Entiendo, Padre, y soy cumplida. Creo que mi problema no está en mí sino en mi relación con los demás pero entiendo que se tiene que empezar por la casa si se quiere mejorar el mundo.

-Así es, empieza por allí y se te compondrá tu mundo verás.

La entrevista fue corta, el conflicto era simple para un hombre que había acompañado a tantos a través de ineludibles calvarios. Ninguna ciencia acabaría nunca con todas las penas del mundo, y las que no tardaron en acabar por completo fueron todas las penas que atormentaban a Luz. Se percató de ello el día que Julio se presentó ante ella unos cuantos años más tarde quien al cumplir su trigésima segunda traslación alrededor del sol le dijo;

-No sólo le ruego que me dé permiso de cortejar a su hija formalmente vengo a decirle Señora que no podría vivir sin ella y que si me niega el permiso que le pido no podría acabar de describir mi tormento.

Iban encantados Ángela y Julio por sus exámenes prenupciales, ya licenciada para ser madre no le iban a pedir muchos requisitos. Ambos sabían que las leyes nacen de los hábitos y los hábitos dictaban buscar la felicidad de nuestros semejantes al máximo. Julio se encargaría de que al poco tiempo el Estado otorgara ese título tan merecido por Ángela.

-Si no le organizamos una despedida de soltera en el que le enseñaremos qué debe hacer aunque basta con que le sepa hablar claramente a su marido en el oído para tener la felicidad garantizada –le comentó su consuegra el día que Luz por fin le confesó abiertamente su angustia.

-Me doy por bien servida si ella sabe satisfacerse sola, no vaya a ser que le dé pena y no sepa pedirle a su marido lo que necesita.

-¿Cómo no va a saber decírselo?

-Bueno, qué si le da pena y…

-¡Pena! No me cuentes, quién siente pena en ese momento si está con su hombre, si acuérdate a ti qué tan rápidamente se te quitó la pena.

La risa de ambas aflojó la tensión que Luz emitía. Las dos amigas hablaban sin timidez porque no las oía nadie. Sintiendo su confianza, Luz se atrevió a consultarle más dudas.

-¿Crees que exista algún peligro de que mi niña no alcance el orgasmo con él?

-Luz no te puedo creer que te preocupe algo así, ¿pues en qué siglo vives? Ya no son aquellos tiempos en que la gente ni siquiera se titulaba. Hace siglos que no se sabe de alguien vano. La violación ya es cosa del obscurantismo, por favor, tu inquietud es realmente medieval. ¿Qué crees que aún hay cinturones de castidad en uso? -y realmente soltó una carcajada.

-No quisiera verlos fracasar.

-Pues para eso hay instancias a las cuales acudir y tú lo sabes, trabajas para ellas. Déjalos que ellos lo vean y que cambien sus acuerdos a la hora de la ratificación de su contrato de matrimonio. Además les vas a aguadar la fiesta antes de que empiece, dales la oportunidad de intentar por lo menos.

-De verdad que me estoy pasando, que bueno que mi mamá ni me preguntó, yo creo que por eso nunca quise presionar a Ángela.

-No te preocupes, yo sé lo que le estoy entregando y le va a ir bien. Está bien alimentado te lo aseguro.

-Estoy confiada, conocer a un hombre como Julio es lo más lindo que una mujer pudiera desear y Ángela supo apreciarlo. ¿Qué más quieren?

-Que no los acompañemos a ver la luna junto al mar en Tierra Santa.

-De acuerdo, felicidades, consuegra.

-Felicidades.

Las primeras en llegar a la despedida fueron sus primas Mar, Cielo y Tierra. Brisa había avisado que llegaría un poco tarde pero no fue así, alcanzó a llegar antes de que empezara la diversión.

La abuela llegó tan puntual como las jovencitas y llegó con su prima la tía Bahía. ¿Quién mejor que ella que ya había vivido y sabía lo importante que era esa reunión más las que vendrían dentro de pocos días? Por algo la humanidad ha hecho una fiesta cada vez que dos jóvenes deciden procrear y convertir su amor en un compromiso social. Si fracasan ya no serían los únicos en sufrir las consecuencias, pagarían justos por pecadores, pero no podían fracasar. El único fracaso posible se debería a su separación. Con cuánta admiración veía la vieja a su nieta al entrar a la sala de la fiesta, que como había puras mujeres permitía platicar entre ellas cuestiones que estando los hombres no se deben de decir. La abuela empezó, a la primera oportunidad que tuvo tergiversó la conversación hacia el tema que las reunía, despedir a una soltera.

-Mira esta niña confirma un dicho muy sabio muy antiguo que repetía a cada rato la Maestra Buita, de tal palo, algo bueno tiene que salir. También decía de tal palo tal estacaso y no cabe duda que comprueba que de tal palo tal astilla.

Traía a la tía Bahía sólo para que se riera de todos sus chistes. Traía porra y nunca salía sin ella. Era más que su bastón, era su riso terapista.

-Sí traigo tu sangre gitana en las venas- contestó la nieta-, no sé si para bien o para mal, pero creo que me lo heredaste, Abuela.

-Como se ve que yo recibí directamente los rasgos de mi padre porque lo gitano no lo sacaste de mí. Yo me porto bien-, gritó Luz que aún estaba ocupada preparando la botana en la cocina.

-No te preocupes Abuela, yo sí soy de su equipo- agregó la novia riéndose pues sabía que su Abuela realmente era tan traviesa como parecía.

-No le des ideas Mamá, por favor que a ti no se te ocurre nunca nada bueno.

-No me meto en la vida de nadie, ya lo sabes.

-No, sólo pones el mal ejemplo siempre.

Las conversaciones se atomizaron cada pequeño grupo charló con su volumen correspondiente y la abuela se encontró platicando con Tierra a quien hacía mucho tiempo no veía y la cual inició la plática;

-Qué lindo que haya encontrado Ángela a quien querer desde tan jovencita.

-Sí, porque así no les va a guardar el menor rencor a los hombres.

-Y luego tiene ese aliciente a una edad tan difícil.

-Todas las edades son difíciles mi hija, pregúntame a mí que ya las viví todas. El primer año es difícil, el segundo también y los cuarentas, ¿qué me dices? Sólo si tu marido no ha pasado por ellos podrás decirme que no son difíciles. No cantes victoria, todas estamos sobre el mismo barco, sólo que con diferente capitán.

-Tienes razón, es la primera vez en la vida que no me das ánimos ya no me estés espantando.

-Al contrario toma a bien mis comentarios por favor y verás que te servirán algún día. Al cabo que si uno toma las cosas como son y las enfrenta las acaba comprendiendo y con eso supera muchas angustias innecesarias. No hay que ahogarse en un vaso de agua y menos por culpa de otros. Lo que hagan los demás es problema de los demás, tú preocúpate por lo que hagas 'tú' y cuando te quieras meter en líos no pidas permiso.

-Aleja a mi mamá de la novia que lo último que quiero es que escuche sus consejos. Mamá, no le metas ideas a la cabeza a la niña.

-Vaya, si no hablamos por fracasadas, sólo que ya sabemos lo que es envejecer y mira Luz que tu mamá y tu padre se llevaban muy bien y creo que se debió a que vivían enamorados pero en completa libertad siempre -agregó la tía Bahía que las conocía bien.

- Sí lo creo, me acuerdo bien de mi tío y de los ojos que usaba para verte tía. También tu matrimonio fue muy bonito- medió Tierra no sólo por que habían subido de tono los comentarios entre madre e hija sino porque de verdad lo pensaba. Lo que más le había gustado en la vida a su tío Saturnino, era su tía y ella era testigo de ello. Seguramente que eso le debió haber simplificado muchas cosas.

-Podrás decir lo que quieras de mí pero supe vivir y tu Padre, que en paz descansa, lo sabe.

-¿A dónde van de luna de miel? -Interrumpió Tierra queriendo bajar el tono de la conversación con desviarla.

-A Tierra Santa, naturalmente -brincó la abuela, a quien le pareció insólita la pregunta, pues su nieta tendría lo mejor en la vida y eso no debía ni de ser cuestionado.

-¿Y tú, Luz, a dónde te fuiste?

Luz absorbió la atención de todas un rato dando una serie de pormenores de su noche de bodas frente al mar en el cabo de Tierra Santa también. Noches libres sobre los campos de reproducción, donde las caguamas y los humanos procuraban la reproducción de sus respectivas especies.

-¿Bueno Ángela, quiere saber tu mamá si no la vas a invitar a tu luna de miel para que recuerde su mocedad también? -Gritó Cielo sin creer que pudiera tomar su comentario en serio.

Ángela se quedó callada, pero toda la concurrencia soltó la carcajada. Luz intervino no fuera a ser que Ángela por algún momento creyera que debía llevar compañía. De ahora en adelante serían ella y su marido lo único que le importaría y lo único que haría falta en la vida. Abrió la conversación;

-¿Y tú, Mar que estás recién casada qué opinas de ello?

-No alcanzaría a llenarme si no tuviera a mi garañón a mi disposición, no sé qué haría sin Novo.

-Y eso que apenas empiezan, ¿cuánto tiempo tienen juntos?

-Seis meses y de verdad no tenemos para cuando cansarnos, nunca pensé poder ser tan feliz. Me trata como un milagro.

-Titúlate ya, sé lo que te digo -intervino la abuela-, para que ya no tengas líos de papeles y puedas tener hijos muy pronto. Para eso es la juventud para procrear y no pensar en otra cosa.

-Ay Mamá.

-Es verdad, los jóvenes no sirven para otra cosa, en cambio para eso sí son muy buenos, después cuando les pique el gusanito de los sesentas que anulen su contrato y se acabó.

-Allí vas otra vez.

-Bueno, son ciclos, fases, como lo quieras llamar, yo no inventé la vida.

Mar ya estaba titulada, a la abuela se le pasó y soltó el lascivo comentario sin pensar. Nadie comentó nada para no incomodar a Ángela que sabían se casaba sin titular. Sólo a la abuela se le podía olvidar que las tres hijas de Aurora se titularon y confirmaron cada una con una ceremonia elegantísima. Ángela realmente quería titularse ya, no por la burla posible ni la pena natural que debió sentir, sino porque con Julio en su vida ya le era imprescindible tener el grado de mamá.

Después de la fiesta llegó el novio un rato. Curioso por ver el tipo de bromas y las caras de las asistentes apareció guapísimo ahora en una camisa de un llamativo tono de verde jade maya nuevo, discretamente delineando su juventud al llevarlo apropiadamente fajado por su cinturón.

Ángela se ocupó de los arreglos de la boda, dijo claramente que ésta iba a ser su fiesta y que les iba a dar una sorpresa ese día para que sus padres no intervinieran en los arreglos. Ella quería una ceremonia sencilla, sin los amigos de sus padres de toda la vida, pero lo que menos se esperó es que los que irían eran los amigos de toda la vida de sus padres y se harían suyos de allí en adelante. En realidad se dedicó a prepararse para su boda de otra manera, más que en las invitaciones, pensó en su piel, en su figura y en abrazar a Julio en el mar. Su vestido sería de seda, pero de araña porque la textura era aún más suave. El día de la boda se veía como debía de ser, joven, radiante, bellísima. Virgen y feliz se iba a vivir con el hombre que amaba.

El joven novio llegó nuevamente bien vestido al austero templo el día de su boda. A punto de montar su propio altar para siempre en la vida no podía verse mejor con su pantalón suelto y acinturado, su cara fresca y bañado de esencias. Se inició la ceremonia con la solemnidad que ameritaba. El introito los llevó a llorar los kiries y la misa culminó como debía de ser en hartazgo.

-Puedes besar a la novia –dijo el experimentado sacerdote, y sí se pudo imaginar lo que sentían, también tenía una familia. Para eso eran los sacerdotes para encaminar a la sociedad hacia la felicidad.

En medio de la misa, en un momento en que Ángela pudo atraer la mirada de Julio sintió el roce de su mano y sintió la alteración fresca del deseo recorrer su cuerpo. Oyó al padre decir como parte de su sermón;

-Ya no desearán explicaciones sobre el sentido de la vida. De ahora en adelante sólo la felicidad de sus hijos importará y todo lo que parecía absurdo en la tierra desaparecerá. Se unen hoy, con este sacramento dos almas que alegrarán la vida con darnos más. Traerán otros seres para querer, otras criaturas de la naturaleza. Pidamos todos por su placer y su felicidad.

-Le rogamos Señor -repitieron los feligreses.

El festejo duró dos días y dos noches, en lo que se fueron todos los invitados que viajaron desde lejos. Finalmente la pareja se escapó hacia aquellas playas recuperadas por siglos de esfuerzo humano, ahora, siempre limpias, siempre invitando a los jóvenes a aparearse, como las caguamas que exigen arena para desovar, así invadían las playas solitarias para copular. Eran dos jóvenes solos en Tierra Santa y con una sola obligación, contemplarse bajo el sol.

Después de hacer el amor se abrazaron. Ángela aún no podía creer que calificaba lentamente para ser madre. Con paciencia se titularía. Cuánto orgullo para Julio saber que él lo había causado. Ahora entendía Ángela que debía de cuidar el amor entre ellos para que nunca se alejara de sus hijos. Por lo mismo comentó sin pensar;

-Hace bien el Estado en no permitir que tengamos hijos sin un papá, sin ti no me imagino capaz a pesar de toda la puericultura que he estudiado.

-No creo que se pueda aprender a ser mamá en un curso de puericultura -agregó Julio divirtiéndose-, se aprende queriendo a los hijos como te quiero a ti. Me gustas, me gustan tus manos, tu cuello, tu carita, te quiero y te cuidaré más que a mis hijos.

Ángela nunca se imaginó lo ciertas que eran las palabras de Julio, nunca la dejó sola, por lo que en ese momento solo pensó en los consejos de su madre, los de sus profesores y catequizadores alentándola a encontrar la felicidad. Julio la besaba con ternura y con intensidad. Le recorría la carita con besos y Ángela segura de que la deseaba entendió lo profundo que era para un hombre poder contar con una mujer. El placer de Julio era lo mismo que el suyo, igual de intenso porque era correspondido.

Había detalles del pasado que Julio no le había contado, no se había atrevido a hacerlo. Era el momento de confiarle su inquietud más íntima. Tomó a Ángela de la mano y cambió su tono al dirigirle la palabra con una seriedad que ella no le conocía.

-Ángela -le dijo-, no te puedes imaginar lo que es no tener un papá como yo. Cuando era niño veía a todos los demás niños salir de la escuela tomados de la mano o hasta sobre los hombros de sus papás y debo confesarte que los envidiaba, mucho, les envidiaba tanto que mi madre me regañaba y me decía que no era correcto envidiar a nadie, pero yo no lo podía evitar. Los veía cuando sus padres los lanzaban al aire o los llevaban a dar la vuelta en bicicleta. En todas partes veía un padre con sus hijos. Yo tuve que perdonar al mío porque se murió, de otra manera creo que nunca lo hubiera perdonado, por eso sé lo es que la vida, te elije para probarte y a veces no puedes con el reto. Viví tantos ratos amargos que ya no sé si soy normal, lo único que sí sé es que quiero ser el padre que no tuve para mis hijos. A ti te pido cuidarlos siempre si yo faltara y ser mi amiga si algún día te desenamoraras de mí.

Su confesión no sólo enterneció a Ángela que no se lo esperaba, sino que la cautivó, le había atinado, era el hombre de su vida.

Era muy temprano cuando sonó el teléfono al siguiente día y no era hora para recibir llamadas, aunque Luz no se molestó pues no le molestaba levantarse temprano ni que la despertaran. Era Ángela por lo que menos se podía molestar.

-¿Mi niña, qué se te ofrece?

-Les ruego que no hagan ningún compromiso para este día de Júpiter y me acompañen, voy a recibir mi título, me he Titulado -recalcó.

Luz se contuvo, no quiso parecer melodramática pero las lágrimas de alegría divulgaron su gusto. Gabriel al verla hablar en privado por teléfono pensó al principio que pudiera estarle avisando que estaba embarazada. Cuando se dio cuenta de lo que se trataba por los gestos de Luz sintió un alivio profundo, francamente no quería que Ángela viviera un embarazo lleno de reticencias. Algún día iba a llegar este momento pero el hecho de que al fin llegara fue magnífico.

-Pues ya te imaginarás el gusto que me da aunque en realidad me lo esperaba. Debes estar muy contenta, tu primer orgasmo con tu primer hombre, que lindo recuerdo para una noche de bodas. Como te deseo que seas feliz, te lo mereces eres tan buena hija, buena hija, buena amiga, buena alumna y ahora que serás una buena madre tus hijos gozarán de tu belleza.

Siempre se corre un riesgo cuando la gente se casa pero por la sonrisa de Ángela era obvio que no se necesitaba anular ese matrimonio. La satisfacción estaba dibujada por las líneas de su rostro, ni hablar Ángela había crecido de un día para otro.

Las buenas noticias dejaron de llegar y la vida trajo una noticia dolorosa intempestivamente como la muerte misma y como suelen llegar ese tipo de noticias. El Maestro había fallecido de vejez como solían morir los eruditos. Ciento cincuenta años de trabajo lo consagraban, su experiencia por longevo lo destacaban porque como todo el mundo sabía ciento setenta y cuatro traslaciones alrededor del sol dejaban grandes enseñanzas necesariamente.

Qué poco se imaginó Gabriel que aquel día que desayunó tan a gusto con él iba a ser su última oportunidad para hacerlo. Arrancó el móvil e inició el viaje, un viaje que no había hecho mientras Heir Lafter vivía y ahora lo hacía para no verlo jamás. Sin embargo había que hacerlo, pues había que hacerle el homenaje que se merecía pero de pensar en no recibir su amistosa respuesta Gabriel se erizaba y hacía el viaje con severas reticencias.

El hecho de haberlo visto tan recientemente y haberle tenido tanta confianza, dejó a Gabriel consternado ante el cadáver de su viejo amigo. Después de unos breves comentarios de Orión Costilla, apreciado cuñado del Maestro, Gabriel pronunció las palabras que le habían solicitado muy agravado por tener que hacerlo. Saludó en tono de luto a Orión primero.

-No te imaginas cuánto lo siento.

-Así es me imagino cómo te sentirás. Me comentó que pasaron unos días espléndidos juntos y que por fin había tenido la oportunidad de tratarte.

A él, Heir Lafter lo había querido tratar a él, más dolorosa se hacía su pérdida cada momento que pasaba. Al no saber qué decir, sólo se le ocurrió a Gabriel preguntar por los últimos esfuerzos del Doctor.

-Supongo que no fue conveniente que hiciera este último viaje en el estado en que estaba -le explicó Orión-, ya sabes, tantos cambios bruscos de presión atmosférica le deben haber perjudicado y se enfermó llegando. Pero como él bien dijo antes de morir le había valido más hacer este viaje más que vivir cuarenta años. Así como los conoció a ustedes conoció a muchas personas en esta excursión. No me cabe duda de que el viejo estaba secretamente enamorado de ti, tu mujer y tu hija. Si algo deseaba era una familia como la tuya.

-No lo culpo no se me quiere quitar la fascinación tampoco. Menos mal que el viejo no estaba en edad de robármela porque creo que es el único hombre que hubiera podido hacerlo.

Cuando Gabriel tomó la palabra hubo un silencio sepulcral. El dolor emanaba de su voz un profundo duelo por la pérdida irreparable que se sentía.

-Sólo usando las palabras propias de nuestro común mentor podría empezar a decir lo correcto, y él decía que todo acto de adaptación del ser humano era un embate a la naturaleza si perjudicaba la naturaleza humana. Para el Maestro nadie era egresado nunca, creía en un mundo mejor y por lo mismo todos los días había que tratar de ser mejores personas. Ya no hay hombres que tienen que pelear por su paternidad ni mujeres maniquíes. Cuidamos los niños, los ancianos, las mujeres y los hombres, no se permite el suicidio, nadie llega a tener el grado de remordimientos suficientes. Vivimos en una sociedad sin gente agobiada ni sofocada, un mundo que confía en su jurisdicción, de gentes que se rezan a sí mismos con fe en su autoestima. Somos gentes hoy que luchan por ser la real imagen y semejanza de lo Divino venciendo la depravada insensatez. Eso no hubiera sido posible sin hombres como Heir Lafter, eso no hubiera sido posible sin partir de donde nos dejó. Nunca lo hubiéramos logrado sin el impulso de gigantes como él que como otros grandes hombres nos prestaron sus hombros para pararnos en ellos y poder ver más adelante. Si todos los hombres de la tierra hubieran tenido siempre su nivel de compromiso con la verdad la humanidad nunca hubiera tenido que vencer al obsceno obscurantismo. Los principios ontológicos sobre los cuales se sustenta nuestro sistema legal, nuestras leyes y nuestra constitución emanan del respeto por los demás, un respeto que hoy se genera solo. Heir Lafter admiraba su mundo, el mundo que ayudó a formar donde gobernados-gobernantes garantizaban la felicidad de los individuos y no castigos por portarse mal.

-Tristemente sólo puedo añadir que he venido como todos ustedes a despedirme de este hombre que cambió la historia porque era mi mejor amigo.

Finalmente volteó hacia el cielo y humillado por las estrellas se preguntó si realmente era importante por ser importante para alguien o era menos de un grano de arena en el espacio obviamente infinito.

Carta Tiragüense, o aclaraciones del autor.

El trabajo adjunto nace de un encuentro con las mujeres de la cooperativa Santa María, tejedoras de telar de cintura de los Altos, en Tenejapa, Chiapas, México, aproximadamente en 1982, donde una de ellas, de avanzada edad, dijo textualmente que el problema del mundo actual es que no les hemos enseñado a nuestras hijas a complacerse. El mundo cambiará, dijo, cuando les enseñemos a nuestras hijas a masturbarse.

Siendo esto un comentario un tanto atrevido dentro de cualquier cultura, si aún lo es en la nuestra a pesar del desafío constante a nuestra escala de valores, comprendí que era un comentario igual de atrevido en su esfera social como en la mía por las 'risitas' de las muchachas que participaban en nuestro taller de auto diagnóstico de esta comunidad indígena Tzeltal. Viviendo en un país donde un gramo de cocaína cuesta mil pesos y una mujer puede costar menos de cincuenta, donde se nos utiliza para vender alcohol, condones y se promueve la relación 'desechable' como cualquier producto, encuentro más urgente que nunca hacer una campaña que haga saber a las jóvenes el valor de su virginidad. Esta novela es ante todo una callada protesta contra el estupro permanente en mi tierra orquestada por los medios de comunicación masivos, en cooperación con las autoridades.

La red tejida entre los medios de comunicación y los funcionarios gubernamentales encubre el fomento a la prostitución que realizan organizadamente. Es por ello que la incorporación de la mujer en altas esferas del poder ha reducido los gastos en comunicación social de las instituciones y tendrá un impacto significativo en la reducción de la corrupción en el gobierno.

Tenemos así, una propaganda publicitaria bombardeándonos constantemente con su criterio, derrochando y desperdiciando recursos, que se dedica al tráfico de jovencitas, promoviendo y pidiéndonos ser tolerantes con la homosexualidad.

Un gremio publicitario que ha acaparado el derecho de dictar los valores morales de nuestra sociedad por lo que toda promoción responde a sus efímeros intereses personales. Esto es altamente palpable en la propaganda de toallas femeninas que resulta ofensiva para las mujeres que consumen el producto a las cuales, alegan o pretenden alegar los publicistas, están dirigidos los comerciales. Lejos de agradarles o interesarles los anuncios molestan decidiendo por ello qué toalla comprar a pesar del comercial que les cae tan mal pero donde es obvio que se divirtieron publicistas haciéndolo. No sólo el morbo del contenido irrita sino, además, la cantidad de repeticiones de la toalla ensuciada o las descripciones públicas del flujo que no vemos en anuncios de papel del baño, por ejemplo. Sin embargo, habiendo un mercado cautivo, no afecta realmente el consumo del producto por lo que todo ese tiempo público comercial que se ocupa de televisión confirma el poco interés que estas televisoras tienen por darle seis años de primaria al pueblo de México cuando al pueblo se le puede dar pan y circo.

Otro tema que se toca en la novela es la muerte. Cabe añadir que en cuanto al más allá nunca se podrá tener certeza y que el culto monoteísta, o politeísta, es igualmente válido, o inválido, de acuerdo a nuestra estructura ideológica. En otras palabras creo que es lo mismo creer en muchos dioses que un Dios, además de que eso fue un problema de Akhenatón y Nefertiti, y que por lo mismo sería igual creer en la 'parejita de dioses', como los Incas, considerando que sólo a un hombre se le pudo ocurrir que todos proviniéramos de un Todopoderoso cual si no requiriera vientre materno.

Por mi parte divido los criterios humanos en dos, en aquellos que creen que la Biblia fue escrita por Dios, y los que creemos que tiene autores reconocidos, y cuando mucho lo escribieron creyendo interpretar a Dios.

La literatura, los libros o *biblia* fueron por siglos la única forma de expresión de la humanidad pero los medios de comunicación masivos han sustituido la literatura y los ejemplos que ofrecen con tan mala calidad literaria, son ejemplos de acto delictivo tras acto delictivo. La literatura ha dejado de ser la manera de transmitir las experiencias que nos enseñan a ser feliz, la sociedad está tomando ejemplo de las pantallas de televisión que están ofreciendo tan baja calidad literaria. La literatura se ha hecho, así, el arte de los pobres, de los que no podemos hacer ni cine ni televisión pero debemos transmitir nuestras experiencias para que nuestros hijos aprendan a vivir y sean más felices que nosotros.

Esta historia trata de decir que el amor es posible y que a mayor amor más intensidad en su orgasmo. Afirma que el orgasmo femenino existe y que emana del clítoris específicamente. Algo que no afirma la historia pero que me atrevo a afirmar en este momento es que la liberación de la mujer radica en su sentido de exclusividad y que la educación mixta más el encuentro libre y natural entre hombres y mujeres, llevará a la erradicación de la prostitución, actividad vista ya como anacrónica en una sociedad que garantizara la libertad sexual. Para ello toda la humanidad tendría que evolucionar y eso no está garantizado.

Hay en la personalidad de Luz algunas cuestiones que se han querido hacer patentes al revelar, con toda intención, una persona normal, de poco criterio, abrumada por la arrogancia, convencida de estar en lo cierto y de ser una mujer moderna. Se presenta así, a un ama de casa, convencida de ser vanguardia, con el propósito de decir que algo en la vida no cambia por más que la humanidad evolucione.

Así se revela la monogamia como un anhelo humano o estado ideal que sólo podría ser alcanzable cuando no es castigo y refleja intensa atracción sexual. Dicen los árabes que el hombre joven quiere ser fiel y no puede mientras que el hombre viejo quiere ser infiel y tampoco puede, pero para no usar valores subjetivos, o sea para no hablar a nombre de los hombres, confieso que he omitido el tema y dejo sólo la apreciación de un hombre en acorde con las leyes que los hombres han dictado.

Es decir que si bien podemos estar de acuerdo con Engels en que la mujer inventó el matrimonio para ser protegida de la manada, el hombre procuró que perdurara la institución, con controles machistas y que aunque los hombres nunca han practicado la monogamia la tienen por ideal. Casi me atrevo a decir que ven en la castidad algo divino y que cuando están enamorados no pueden sacarse a una mujer en particular de la imaginación de la misma manera que una mujer se puede obsesionar. Esto no quiera decir que ambos no puedan tener una relación con otra persona que no sea la imaginada, o como lo planteó Freud cuando empezó a creer que toda relación sexual se realizaba entre cuatro personas, lo que afirmo es que el ser humano anhela la relación exclusiva entre dos, en mente y cuerpo, anhela la entrega total del amado y poder satisfacerlo.

A la vez estoy convencida, y ruego se me disculpe por hablar en primera persona, de que la mente femenina es idéntica a la del hombre, que somos iguales tan iguales como un brazo junto a otro o un ojo junto a su propia pareja. Creo honestamente que así como tenemos dos ojos y tenemos dos brazos, nacemos o hombres o mujeres pero es como ser el brazo derecho o ser el brazo izquierdo de una pareja. Así también hay brazos derechos zurdos mientras que lo común es que los brazos derechos sean diestros. Quiero decir con ello que existen mujeres fuertes y grandes junto a hombres menudos y menos musculosos, somos individuos, no diferentes.

No se quiere dar a entender que da igual ser el brazo derecho que el izquierdo, todo lo contrario, como individuos, somos diferentes como ningún ojo es idéntico a su pareja sin embargo, en el relato se responsabiliza a la mujer de innovar eróticamente o mejor dicho, se le concede este papel, como a un brazo se le concede ser zurdo al no tener las mismas facultades un brazo que el otro. En palabras de Pilar Rioja, si se es mujer se es inevitablemente sensual y es por ello que cabe la creatividad erótica en la mujer sin remordimientos. Su máximo anhelo es lograr la máxima excitación de su pareja por lo que el juego erótico le resulta natural. Es su papel ofrecer innovaciones eróticas, algo altamente anhelado por los hombres pero sólo alcanzable por las mujeres quienes manejan la discreción y la sutileza.

Ningún ejemplo puede ser mejor que el del uso de la palabra 'sexo' tan de moda en los medios de comunicación Norteamericana, palabra que causó impacto en el auditorio la primera vez que se usó por televisión pero que ahora la encontramos repetida aproximadamente cada dos minutos de la programación actual. Como chiste muy escuchado, su pronunciamiento ya no causa el mismo impacto, ya no resulta erótico pues ya no es novedad. El delirio de la mujer de mantener a su amante atento a sus necesidades la lleva a inventar y renovar constantemente los lazos de atracción hacia su macho. De ahí que todo baile, todo acto y todo trabajo humano, tengan propósitos eróticos, pero la sensualidad es característica de lo femenino, por lo que el homosexual la imita. La diferencia aquí entre ambas sociedades estriba en el tener remordimientos por ello o no tenerlos.

No me he referido a la homosexualidad para nada. Este tema no lo trato en lo absoluto por considerarlo una condición de identidad del individuo, cosa que cambiaría en una sociedad que no buscara sólo reforzar el ego humano. Subrayo así, la máxima Pindárica, 'llega a ser lo que eres'.

El mundo no es perfecto, nunca lo ha sido, pero considerar progreso al salvajismo tecnocrático que conocemos hoy es desconocer el hecho de que somos una especie en peligro de extinción y que si nos pasamos de listos podemos no sobrevivir estas aventuras tecnológicas. Me atrevo a añadir que éramos una especie en peligro de extinción hasta las explosiones atómicas de la Segunda Guerra Mundial. Somos ya una especie en vías de extinción, y ya sabemos que son innumerables las especies que han desaparecido.

La novela nace por otro lado de la concepción racista académica que no comprende que nosotros somos los que consideramos a la edad media una edad oscura, ellos se consideraban contemporáneos, estrenar una armadura debe haber sido tan emocionante como un Cadilac. Los caballeros de la edad media se sentían modernos. Así, afirmo que la academia sirve básicamente para entretenernos lo cual es mejor que para explotarnos y que puede servir para conocernos y para curarnos. La pregunta es ¿qué pensarán de nosotros en el futuro cuando vean que nos explotamos solos? Como dijo Bertrand Russell, sólo hace falta un accidente nuclear, ni siquiera necesitamos una guerra nuclear para erradicarnos como especie.

Siendo imposible hacerle ver a nadie estas cuestiones pues es preciso que todos las deduzcan por sí mismos, no hubo otra forma de expresarlas que de manera novelada puesto a que en forma documental dudo que alguien lo conozca algún día. Los archivos están llenos de estadística que demuestra que somos una especie en peligro de extinción y nadie se perturba.

Además, mientras no se aprecie la capacidad erótica de la mujer ésta no se va a desarrollar y mientras la sociedad sólo conozca mujeres frustradas seguirá habiendo una guerra entre los sexos. Cuando toda mujer alcance el orgasmo se acabarán los conflictos, y se acabarán los anhelos al ser alcanzada la satisfacción. En cuanto a la forma de expresión de estas vivencias sólo debo añadir que añoro ver las imágenes en cine porque sólo así las conocerán mis propias hijas. Añado también que es sólo por ellas que lo escribí, incluyendo a mi nieta en la dedicatoria, pues son las únicas personas en las cuales deseo influir, para los demás esta novela es sólo un juguete.

Se puede decir que toda la historia se sostiene en el principio siguiente; entre más deseo hay en una relación más placentera es, de ahí que normalmente el ser humano prefiera estar con el amor de su vida, con un vaso de agua en una tina que con cualquier persona que ni le huela bien por más champaña que le sirva en Paris.

Se alega así en la historia que la convivencia y la comunicación con los hijos son posibles y es el amor hacia ellos el único camino para transmitirles nuestras experiencias de manera que nos rebasen y sean más felices que nosotros. La mayor ironía de la vida parece ser no poder transmitirles a los hijos nuestras experiencias. La burla mayor es tener que verlos cometer los mismos errores que nosotros y lo más grave vernos reflejados en ellos, cuando nos gusta el reflejo todo marcha, cuando no nos gusta nuestro propio reflejo estamos acabados.

Quisiera solamente aclarar el uso de tres nombres. Primero el de Schölemberg, célebre historiador de la Iglesia Católica, siendo responsable de los archivos pertinentes, afirmó que la existencia del indio Juan Diego fue un mito negando así la aparición de la virgen de Guadalupe en México. Otro apellido que se maneja, del cual les quiero dar referencias, es el de Palafox, voluntario de la campaña presidencial de nuestro ahora Presidente Fox, quien quiso repartir perfumes de la democracia en el valle de México pero accidentalmente tiró varios tambos de la esencia, jabonosa y resbalosa en una vía rápida en plena hora del más alto tránsito. Por último me refiero a los juegos que habrán jugado los hermanos

Aritzmendi de chiquitos. Los hermanitos Aritzmendi fueron capturados *infraganti* secuestrando personas, mutilándolas y mandando los miembros mutilados a los familiares para exigir rescate. Se hace referencia a más investigadores de los cuales no entraré en detalles. En general, creo que algunos de ellos todavía no requieran explicación, nombres por ejemplo, como el de Copérnico.

CPSIA information can be obtained
at www.ICGtesting.com
Printed in the USA
FSOW01n1529060317
31593FS